AF209490

Carlo Goldoni

# Gli amori di Zelinda e Lindoro

Texte et illustration de couverture : © domaine public
Edition : Culturea (Hérault, 34)
Contact : infos@culturea.fr
Retrouvez notre catalogue sur http://culturea.fr
Imprimé en Allemagne par Books on Demand
Design typographique : Derek Murphy
Layout : Reedsy (https://reedsy.com/)

Dépôt légal : janvier 2023

ISBN : 9791041842766

# GLI AMORI DI ZELINDA E LINDORO

## PERSONAGGI

DON ROBERTO, nobile.

DONNA ELEONORA, moglie di Roberto in seconde nozze.

DON FLAMINIO, figlio di Roberto del primo letto.

ZELINDA, giovine civile rifugiata in casa di Roberto in figura di cameriera.

LINDORO, giovine civile incognito in casa di Roberto in figura di segretario.

BARBARA, giovine civile che passa per cantatrice.

FEDERICO, mercante.

FABRIZIO, maestro di casa di Roberto.

UN FACCHINO che parla.

UN CAPORALE della Guardia.

UN MARINARO.

DUE SERVITORI.

SEI SOLDATI.

La scena si rappresenta in Pavia.

# ATTO PRIMO

## SCENA PRIMA

Camera con un grande armadio nel fondo, due porte laterali aperte che poi si chiudono; ed un tavolino da una parte, ad uso di segretario, col bisogno da scrivere, e sedie.

### Fabrizio *solo.*

Ah! Ci scommetterei la testa che Zelinda e Lindoro si amano segretamente. Li vedo troppo attaccati, e credo, se mal non ho inteso, si abbiano dato l'appuntamento di trovarsi qui insieme. Ecco la ragione, per cui costei mi disprezza, che altrimenti, se Lindoro è segretario, io son mastro di casa, e tutti due serviamo onorevolmente lo stesso padrone, ed ella, quantunque dia ad intendere di esser nata signora, è obbligata, come me, a nutrirsi di pane altrui, ed a servire da cameriera... Ma... Eccoli a questa volta. Vo' chiudermi in quest'armadio, e scoprire, se posso, i segreti loro. Se ne vengo in chiaro, se si amano veramente, non son Fabrizio, se non mi vendico. (*si chiude nell'armadio*)

## SCENA II

### Zelinda, Lindoro, Fabrizio *nascosto.*

LIN. Qui, qui, Zelinda, qui potremo parlare con libertà.

ZEL. Gran cosa! in questa casa tutti ci fan la spia. Tutti ci tengono gli occhi addosso. Specialmente Fabrizio.

LIN. Maledetto Fabrizio, non lo posso soffrire.

ZEL. Zitto, che non ci sentisse.

LIN. Non crederei che il diavolo lo portasse qui.

ZEL. Ho delle cose da confidarvi. Guardate da quella parte se vi è nessuno.

LIN. Guardiamo… No, non vi è nessuno… Ho anch'io da dirvi qualche cosa che mi dà pena.

ZEL. Ditemela, caro Lindoro.

LIN. Ditemi prima voi.

ZEL. No, prima voi.

LIN. Prima di tutto vi dirò, che quest'impertinente di Fabrizio m'inquieta, poichè vedo, capisco, che ha delle intenzioni sopra di voi...

ZEL. Oh! per questa parte potete viver tranquillo. Mi conoscete, sapete che vi amo, sapete quel che ho fatto per voi...

LIN. Sì, è vero, una giovane ben nata, come voi siete, non può dar retta ad un uomo vile, che ha fatto qualche danaro alle spese di un padrone indulgente.

ZEL. Ma parlate piano, che, se per disgrazia ci sentisse, saremmo perduti. Serrate quella porta: io serrerò quest'altra. (*chiudono le due porte*)

LIN. Ecco fatto. Ora siamo sicuri di non essere scoperti. Per tutti questi riflessi adunque sono sicuro per la parte del servitore, ma il padrone mi fa tremare.

ZEL. Qual padrone?

LIN. Non so che dire, tutti due, il padre ed il figlio egualmente.

ZEL. Oh, in quanto al vecchio, vi assicuro che sospettate a torto. Il signor Don Roberto è un uomo savio, dabbene, pieno di carità, che mi ama con amore paterno, che compatisce il mio stato, che sa che io non sono nata per servire, e procura colle sue buone grazie di raddolcire la mia condizione.

LIN. Sì, tutto va bene; ma lo fa con troppa caricatura; e so che sua moglie medesima interpreta malamente le finezze ch'egli vi usa.

ZEL. Donna Eleonora, pensando sì malamente, fa torto a suo marito, e fa a me un'ingiustizia. Non crediate però ch'ella agisca per gelosia, poichè una giovane che sposa un vecchio per interesse, raramente è di lui gelosa. Dubita ch'egli mi sia liberale di qualche cosa. Sa che mi ha promesso alla sua morte di beneficarmi, teme ch'io vaglia a pregiudicarla.

LIN. Ma... E il figlio?

ZEL. Oh circa il signor Don Flaminio, questo è quello ch'io volea confidarvi. Mi si è scoperto liberamente.

LIN. Povero me! Sono nel maggior affanno del mondo.

ZEL. Non temete di nulla. Siate sicuro della mia costanza.

LIN. Ma non posso viver tranquillo. Cara Zelinda, profittiamo della protezione del vecchio, scopriamogli il nostro amore, ed impegniamo la sua bontà ad acconsentire alle nostre nozze.

ZEL. Caro Lindoro, ci ho pensato anch'io; ma vi scopro delle grandi difficoltà. Il signor Don Roberto non vi conosce, non sa che per amor mio siate fuggito di casa vostra, e siate venuto a servirlo per segretario unicamente per star meco. Appunto perch'egli mi ama, e perchè ha qualche considerazione per me, non vorrà maritarmi con un giovine che apparentemente non può mantenermi, e in fatti non lo potete, se vostro padre non vi acconsente, e non vi accorda il modo di farlo.

LIN. Scriverò a mio padre, gli farò scrivere, gli farò parlare; ma intanto ho da soffrire di vedervi accarezzata dal padrone, e perseguitata dal mastro di casa?

ZEL. Non temete nè dell'uno, nè dell'altro. Ma bisogna che ci conteniamo colla maggior cautela, perchè se venissero ad iscoprirci...

LIN. Certamente: se Fabrizio sapesse quel che passa fra di noi, sarebbe capace di rovinarci.

ZEL. Non ci facciamo trovare insieme.

LIN. Sì, e quando c'incontriamo, che gli occhi parlino, e che la lingua soffra.

ZEL. Ma non basta ancora. Per togliere ogni sospetto, mostriamo di fuggirci.

LIN. Facciamo di più, mostriamo d'odiarci.

ZEL. Se lo potessimo fare, sarebbe il sicuro metodo per nascondere il nostro amore.

LIN. Quando si va d'accordo, si può fingere qualche cosa.

ZEL. Bene, ci regoleremo così.

LIN. Poi troveremo qualche momento...

ZEL. Oh sì: siamo in casa, profitteremo dell'occasioni...

LIN. Profittiamo intanto di questa.

ZEL. Andiamo, andiamo, che se i padroni ci chiamano...

LIN. Io posso restar qui a scrivere, a far qualche cosa.

ZEL. Ci tornerete poi. Andiamo per ora, per non dar sospetto. Io per di qua, e voi per di là.

LIN. Guardiamo, nell'aprir le porte, se qualchedun ci vede.

ZEL. Guardiamo per il buco della serratura. (*tutti due guardano dalla lor parte*)

LIN. (*a Zelinda*) Nessuno.

ZEL. (*a Lindoro*) Non c'è nessuno. (*Ciascheduno apre la lor porta pian piano e guarda*)

LIN. (*a Zelinda*) Non c'è persona.

ZEL. (*a Lindoro*) Qui neppure.

LIN. (*stando sulla porta in atto di andarsene*) Va tutto bene.

ZEL. (*nella stessa situazione*) Benissimo.

LIN. Addio.

ZEL. Vogliatemi bene.

LIN. E che nessuno lo sappia.

ZEL. Nessuno l'ha da sapere. (*partono*)


## SCENA III


**Fabrizio** *esce dall'armadio.*


Non dubitate, che nessun lo saprà. Sono venuto a tempo. Non mi sono ingannato, ed ho scoperto abbastanza. Lindoro è anch'egli una persona civile, che si nasconde per amor di Zelinda? Tanto peggio per me. Bisogna cercare il modo di farlo cacciare di questa casa. Il mezzo più sicuro è quello del signor Don Flaminio. Egli ama Zelinda, e se viene a sapere i segreti amori di lei con Lindoro, son sicuro che farà di tutto per allontanare un rivale, ed io medesimo lo avvertirò, e gli suggerirò di disfarsene sicuramente. Bisogna ch'io nasconda il mio amor per Zelinda, che faccia valere l'interesse ch'io prendo per il mio padrone, e che mi serva dell'amor suo per facilitare il mio. Vado subito a ritrovarlo. Ma, eccolo ch'egli viene. Eh, il diavolo è galantuomo, contribuisce di buona voglia alle cattive intenzioni.


## SCENA IV


**Don Flaminio** *e detto.*


FLA. Dov'è Zelinda, che non si vede?

FAB. Signore, io non so dove sia, ma so dov'è stata finora.

FLA. Come! Dove è ella stata? Vi è qualche novità? (*affettando dell'agitazione*)

FAB. Vi è una novità, signore, che deve interessare la vostra passione, ed anche il vostro decoro.

FLA. Oh cieli! E Zelinda ne ha parte?

FAB. Ne ha parte grandissima, poichè ella è amante di Lindoro; e costui è sì temerario, che sapendo la vostra inclinazione per questa giovane, ha il coraggio di burlarsi di voi, e di perdervi ancora il rispetto.

FLA. Indegno! lo farò morire sotto un bastone.

FAB. No, signore, non vi consiglio di far rumore, poichè perdereste la speranza di venire al termine de' vostri disegni.

FLA. Che mi consigli dunque di fare?

FAB. Vi consiglio di parlarne al signor Don Roberto...

FLA. Credi tu che mio padre acconsentirebbe ch'io sposassi Zelinda?

FAB. Oh sono ben lontano di credere una simil cosa.

FLA. Finalmente Zelinda è nata assai civilmente.

FAB. Non importa; è povera, è in qualità di serva, non l'accorderà mai.

FLA. Che dunque vorresti tu ch'io dicessi a mio padre?

FAB. Voi non avete che a scoprirgli i segreti amori, che passano fra Zelinda e Lindoro. Mettergli sotto gli occhi il torto che fa costui alla casa amoreggiando colla cameriera, e il pregiudizio che ne verrebbe a questa giovine, se si maritasse con uno che non ha il modo di mantenerla. Aggiungete che Lindoro è di un cattivo carattere, che sapendo essere Zelinda di buona nascita, dà ad intendere d'essere egli pure qualche cosa di buono, ma è un falsario, un impostore, un birbante. Sapete quanto il signor Don Roberto ama e stima questa buona figliuola. Son certo che s'egli sa tutto questo, non differisce un'ora a licenziar quel birbone.

FLA. Tu dici bene; ma io ho il cuore buono, e non so far male a persona.

FAB. Lodo la vostra bontà, la vostra umanità; ma voi, scusatemi, non siete in obbligo di risparmiare un temerario, un indegno che parla di voi con disprezzo, e che vi mette in ridicolo a tutto andare.

FLA. Mi mette in ridicolo?

FAB. Vi assicuro, signore, ch'io mi sentiva rodere per parte vostra. Vedete voi quell'armadio? Là dentro mi sono celato per intendere, per rilevare; e per voi l'ho fatto, per voi, ed ho rilevato ed ho inteso cose, che mi facevano inorridire. Come? Il mio padrone un imbecille, una caricatura, un fanatico?

FLA. Giuro al cielo! a me questo?

FAB. Vi assicuro, che se non fosse stata la prudenza che mi avesse trattenuto...

FLA. Qual prudenza a fronte delle ingiurie?

FAB. Signor mio, la prudenza è necessarissima. Se si fa dello strepito, vostro padre viene a rilevare che voi amate Zelinda.

FLA. È vero, conviene dunque ch'io soffra.

FAB. Ma che vi disfacciate di quest'ardito.

FLA. Hai ragione, ne parlerò a mio padre, e ne parlerò in modo che lo manderà via.

FAB. Ma soprattutto non date a conoscere la vostra passione.

FLA. Sarò cauto. Mi guarderò di darne alcun segno.

FAB. Mi preme troppo la vostra quiete e la vostra soddisfazione.

FLA. Ti ringrazio, e non lascerò di ricompensarti.

FAB. Non perdete tempo, signore.

FLA. Vado subito. (È gran fortuna aver un servitore fedele.) (*parte*)

## SCENA V

**Fabrizio**, *poi* **Lindoro**

FAB. Questo si chiama cavar la castagna dal fuoco colla mano altrui. Che vada Lindoro fuori di casa, e mi comprometto di guadagnare l'animo di Zelinda. Ella ha voglia di maritarsi. Don Flaminio non avrà mai la permissione di sposarla. Io sono in buon credito presso il vecchio; affè di bacco, non ci vedo altri ostacoli per averla.

LIN. (*da sè, vedendo Fabrizio*) (Ecco il mio tormento, e l'ho sempre dinanzi agli occhi).

FAB. (*da sè*) (Conviene dissimulare).

LIN. (*Va al tavolino, siede, e si mette a scrivere*)

FAB. (*a Lindoro*) Di buon'ora al lavoro.

LIN. (*scrivendo*) Io non faccio che il mio dovere.

FAB. È ben fortunato il nostro padrone d'aver al suo servizio un giovine attento e morigerato, come voi siete.

LIN. Vi ringrazio dell'elogio cortese.

FAB. In verità vi amo anch'io infinitamente.

LIN. (Oh se sapessi quanto ti odio!) È un effetto della vostra bontà.

FAB. Ma voi, dite quel che volete, avete delle maniere così gentili ed una condotta sì nobile e sì decente, che giurerei che siete d'una condizione superiore al grado in cui vi trovate.

LIN. Per esser galantuomo, e per far il suo debito, non vi è bisogno di nascita, ma di cuore.

FAB. Meritereste per altro uno stato molto più fortunato.

LIN. Io mi contento del mio.

FAB. Mi viene in mente una cosa... Io penso a voi, come se foste qualche cosa del mio.

LIN. (*da sè*) (Più ne dice, e meno gli credo).

FAB. Sì, dovreste prender moglie.

LIN. Io? E come vorreste che facessi per mantenerla?

FAB. Coll'abilità e colla condotta che avete, non potreste mai mancar di star bene.

LIN. Sarebbe assai difficile ch'io trovassi chi mi volesse.

FAB. Affè, ne conosco una io, che pare fatta per voi.

LIN. E chi? se vi piace.

FAB. Chi? Zelinda.

LIN. (Ah il furbo!) Zelinda è povera, ma è nata bene; ella non vorrà maritarsi per continuar a vivere del pane altrui.

FAB. Chi sa? In questa casa siete tutti due ben veduti, ben collocati. Volete ch'io ne parli?

LIN. No, vi ringrazio, non sono in caso di maritarmi e poi, per dirvi la verità, per Zelinda non ho inclinazione veruna.

FAB. (Ah il birbone!) Eppur Zelinda ha del merito, ha delle buone speranze...

LIN. No, no, lasciatemi in pace, e non mi parlate di questo.

## SCENA VI

**Zelinda** *e detti.*

ZEL. Fabrizio, i padroni vi domandano.

FAB. Tutti due?

ZEL. Tutti due.

FAB. Vado subito. (Chi sa che il giovine non mi voglia in testimonio contro Lindoro? Lo servirò a dovere). (*da sè*) Zelinda, voi siete venuta in tempo ch'io parlava di voi a Lindoro.

ZEL. Di me?

FAB. Di voi.

ZEL. Su qual proposito? Che cosa v'è di comune fra di noi?

FAB. Se non c'è altro di comune, c'è il merito.

ZEL. Voi vi prendete spasso di me. Ei bada a' fatti suoi, io bado a' miei. Nè io sono fatta per lui, nè egli è fatto per me. (*parte*)


## SCENA VII

**Lindoro** *e* **Fabrizio**

FAB. (Oh si regolano perfettamente!) (*a Lindoro*) Mi dispiace davvero di vedere in voi due una specie di avversione, di antipatia, di contrarietà.

LIN. Lasciatemi scrivere, lasciatemi lavorare.

FAB. (Sì, sì, lavora pure, che lavorerò anch'io.) (*parte*)

## SCENA VIII

### Lindoro, *poi* Zelinda

LIN. Senz'altro costui ha qualche sospetto, e fa per tirarmi giù, poichè non è possibile, s'egli ama Zelinda...

ZEL. (*affannata, guardando se è veduta d'alcuno*) Ah il mio caro Lindoro...

LIN. Che cosa c'è?

ZEL. Ho gran paura e per voi, e per me.

LIN. Oh cieli! Che cosa è stato?

ZEL. Il padrone vecchio ed il giovine parlano insieme segretamente. Sono andata per prendere della biancheria, mi hanno guardata tutti due bruscamente, e credo, per farmi andar via, mi abbiano ordinato di venire a cercare Fabrizio.

LIN. Da un momento all'altro non vi possono essere gran novità.

ZEL. Io credo che tutti i momenti siano per noi pericolosi.

LIN. Certamente l'amore non si può tenere lungamente nascosto.

ZEL. Povera me!

LIN. Non vi affliggete per questo. Bisogna risolvere, bisogna parlare.

ZEL. Consigliatemi voi, come ho da contenermi.

LIN. Non saprei. Io credo che se ne parlaste al signor Don Roberto...

ZEL. Non sarebbe meglio che gliene parlaste voi?

LIN. Non so. (*pensano tutti due*)

## SCENA IX

### Don Roberto *e detti.*

ROB. (*da sè*) (Eccoli, eccoli, mi hanno detto il vero).

LIN. Ci penserò, ma in ogni caso... (*piano a Zelinda, e si mette a scrivere*) Oh cieli! Il padrone.

ZEL. (Povera me!) (*mostra il timore, poi si determina a fingere, come segue, mostrando di non sapere che ci sia Don Roberto*) Oh guardate lì il bel soggetto! Non si degna di mischiarsi nelle faccende basse. L'illustrissimo signor segretario non si degna di scrivere... Oh scusate signore, non vi aveva veduto. (*mostra di voltarsi a caso e di veder Roberto*)

ROB. Andate a consegnare la biancheria. La lavandaja vi aspetta. (*a Zelinda*)

ZEL. Ecco qui, signore. Voleva che Lindoro ne stendesse la lista, e non lo vuol fare. Si crede pregiudicato, teme di perdere il suo decoro. Oh egli è un buon umorino, ve l'assicuro.

LIN. (*a Don Roberto*) Ecco qui, tutto il giorno m'inquieta.

ROB. (*a Zelinda*) Basta così. Ho capito; andate a consegnar la biancheria, e poi ritornate qui.

ZEL. Ma la lista, signore...

ROB. Oh la lista è una cosa grande! è un affare di conseguenza! Ci vuole un segretario per farla! Povera giovane, non sa scrivere, poverina! non sa metter giù, sopra un pezzo di carta quattro rampiconi per darli alla lavandaja!

LIN. Questo è quello che le dicevo ancor io.

ROB. Oh senz'altro.

ZEL. Ma io i numeri non li so fare.

ROB. Davvero? Povera innocente! Vi troverò un maestro d'abbaco. Andate, andate; fate quel che vi dico, e poi ritornate.

ZEL. Bene, mi farò ajutare dal mastro di casa...

LIN. (*a Zelinda*) Ma se volete che lo faccia io...

ROB. (*a Lindoro*) Non signore, la non s'incomodi.

ZEL. Oh sì, che non s'incomodi, perchè già lo farebbe per dispetto. (*da sè*) (Capisco che ha gelosia di Fabrizio). (*forte per consolare Lindoro*) O bene, o male, lo farò da me. (Ho gran timore che siamo scoperti). (*parte*)


SCENA X


**Don Roberto** *e* **Lindoro**


13

LIN. Io non so che cos'abbia quella fanciulla. È inquieta, è fastidiosa, non mi può vedere. (*scrive*)

ROB. Alzatevi.

LIN. Signore, ho da terminar questa lettera...

ROB. Alzatevi, che vi ho da parlare.

LIN. (Vi è del torbido). (*si alza*)

ROB. È qualche tempo ch'io m'accorgo dell'odio, dell'avversione che passa fra voi e Zelinda, e questa cosa m'inquieta infinitamente.

LIN. Ma io, signore, ve l'assicuro...

ROB. Voi siete, lo so benissimo, un giovine savio, dabbene, e soprattutto sincero.

LIN. Voi avete della bontà per me.

ROB. Zelinda è fastidiosa, altera, e bisognerebbe mandarla via.

LIN. Oh per dire la verità, non è poi di un cattivo temperamento. Può essere ch'io sia un po' troppo delicato... Non posso naturalmente adattarmi a soffrir le donne.

ROB. Sì, è vero. Tanto meglio per voi. Ma vedo che, sia per una ragione o per l'altra, voi non potete star tutti due in una medesima casa.

LIN. E vorreste per me licenziare quella povera giovine? Ne avrei un rimorso infinito, sarei alla disperazione. Una giovane civile, sfortunata, che fida unicamente in voi, che ha bisogno della vostra carità, della vostra protezione.

ROB. Voi parlate da quel giovine saggio e prudente che siete. Bisogna aver riguardo a tutte le circostanze, che accompagnano lo stato deplorabile di questa povera figlia. Io ho anche dell'attaccamento per lei; vedo, conosco che in fondo non è poi sì cattiva. Tutto il male deriva dalla contrarietà de' vostri temperamenti. Questo è il motivo delle inquietudini vostre e mie: onde per non perdere questa giovane civile, sfortunata, che fida in me, che ha bisogno della mia carità, della mia protezione, ho deciso, ho stabilito, ho risolto di licenziare, di mandar via immediatamente il bravo, il saggio, il prudente signor Lindoro.

LIN. Come, signore?

ROB. Oh il come ve lo dirò io. Voi non avete che a prendere la spada e il cappello, e andarvene in questo stesso momento.

LIN. Ma questo è un torto che voi mi fate...

ROB. Voi chiamate un torto il licenziarvi di casa mia, ed io qual titolo dovrò dare alla vostra falsità, alla vostra impostura? Credete ch'io non sappia quel che passa fra voi e Zelinda; ch'io non conosca la furberia delle vostre finzioni? M'avete preso per uno sciocco, per un rimbambito? Vi servite della mia buona fede per burlarvi di me? Andate, sortite subito di questa casa.

LIN. Signore, non istrapazzate così il decoro e la riputazione d'un uomo onesto.

ROB. La ragione per cui vi licenzio, non fa torto alla vostra riputazione: andate.

LIN. Voi non sapete con chi avete a fare.

ROB. Temerario... ardireste voi minacciarmi?

LIN. Non è così, signore; ma voi non sapete chi io sia.

ROB. E non mi curo saperlo. Andate, o vi farò partire per forza.

LIN. (Povero me! E partirò senza veder Zelinda?)

ROB. Prendete la vostra spada e il vostro cappello. (*accennando il tavolino ove sono*)

LIN. Per carità, signore.

ROB. Corpo di Bacco! Prendete, e andate. (*va egli a prender la spada e il cappello, e gli dà l'uno e l'altro*)

LIN. Pazienza! mi licenziate di casa vostra?

ROB. Sì, signore.

LIN. E perchè?

ROB. Perchè son padrone di licenziarvi.

LIN. È vero, lo confesso, ho fatto male, vi domando perdono.

ROB. È tardi; andate.

LIN. Abbiate compassione almeno...

ROB. Ehi, chi è di là? (*sdegnato chiama gente*)

LIN. No, signore, non v'inquietate. V'obbedirò. Partirò. Vi raccomando almeno quella povera sfortunata: abbiate pietà di lei, se non l'avete di me; ma permettete che prima ch'io parta...

ROB. No, non la vedrete più: andate.

LIN. Non dimando di vederla; ma voglio dire almeno che non sono io il solo che l'ama... (*in aria di sdegno*)

ROB. E che vorreste voi dire?

LIN. Dico che in questa casa la sua innocenza non è sicura, che vi è qualcuno che la insidia, forse per disonorarla.

ROB. Temerario, ardireste così pensare di me?

LIN. Non intendo...

ROB. Io l'amo con amore paterno, e voi siete una mala lingua.

LIN. Se avrete la bontà di ascoltarmi...

ROB. O andate via subito, o vi farò cacciar da' servitori.

LIN. (Misero me! Son perduto, sono avvilito, son disperato). (*parte*)


## SCENA XI


**Don Roberto** *solo.*


Oh son persuaso benissimo che la gente viziosa penserà male di me, e che la maggior parte degli uomini vorranno credere ch'io ami Zelinda per interesse; e chi dà fomento a questi falsi giudizj è quella sospettosa fastidiosissima mia consorte. Gran pazzia che ho fatto a rimaritarmi! prendere una seconda moglie, giovine, altiera, e senza beni! E perchè? Per una di quelle pazzie che fanno gli uomini, quando si lasciano trasportar dal capriccio. Era ben meglio ch'io avessi dato moglie a mio figlio. Ma se non ci pensa, tanto meglio per lui. I matrimonj sono per lo meno pericolosi. Ecco qui: anche la povera Zelinda; se io non vi riparava, era sul punto di precipitarsi. Quale stato poteva darle un giovine, che non sa far altro che scrivere una lettera? Si vanta di essere di condizione: ciò non serve che a renderlo più orgoglioso, ed a fargli meglio sentire il peso della sua miseria. Ma ecco Zelinda. Sarà afflitta, lo prevedo. Bisognerà ch'io cerchi di consolarla.


## SCENA XII


**Zelinda** *e detto.*


ZEL. Eccomi qui, signore... (*da sè*) (Non vi è più Lindoro).

ROB. Che avete, che mi parete turbata?

ZEL. Niente, signore. Voleva far vedere a Lindoro, se questa lista va bene. (*gli fa vedere una carta*)

ROB. Date qui, date qui, la vedrò io. (*prende la carta*) Lindoro è un giovine che ha de' capricci, che non sa le sue convenienze, che ha avuto l'ardire di trattar male con voi, e chi tratta male con voi, tratta male con me.

ZEL. Che volete? È giovine. Io poi mi scordo facilmente di tutto.

ROB. Ma io ho veduto che voi eravate assai disgustata di lui.

ZEL. Sì, è vero; ma la collera in me non dura. In verità, s'egli fosse qui, vi farei vedere che non ho alcun astio contro di lui.

ROB. Davvero?

ZEL. Oh sì, io sono di buon cuore. Volete ch'io vada subito a ritrovarlo? (*in atto di partire*)

ROB. No, no, non v'incomodate. (*la ferma*)

ZEL. (*con sorpresa*) Perchè, signore?

ROB. Perchè Lindoro non è più in questa casa.

ZEL. (*con passione*) Non è più in questa casa?

ROB. No certamente. Un giovinastro malcreato, incivile, che merita il vostro odio...

ZEL. Vi accerto ch'io non l'odio sicuramente.

ROB. Sì, son certo che non l'odiate. Ho finto bastantemente; vi parlo schietto, e vi dico che sono al fatto di tutto, e che per vostro bene l'ho licenziato.

ZEL. Ohimè! questo è un colpo non preveduto, questo è un colpo che mi dà la morte.

ROB. Figliuola mia, la passione vi tradisce vostro malgrado: voi vi confondete; si vede chiaro che voi l'amate.

ZEL. Sì, signore, vel confesso; io l'amo, l'amerò sempre; e poichè voi avete scoperto un segreto ch'io custodiva gelosamente nel cuore, abbiate pietà di me. Non mi private del mio Lindoro.

ROB. Ma non vedete, figliuola mia, che se io vi accordassi quello che mi domandate, sarei la vostra rovina?

ZEL. Voi mi farete tutto il male possibile, se mi negate la grazia, poichè siate certo che mi vedrete morire.

ROB. Che morire? che morire? Sono favole: sono discorsi inutili, romanzeschi. Non si muore per così poco. Vi costerà qualche lacrima; ma poi ve ne chiamerete contenta.

ZEL. No certo; non posso vivere senza Lindoro. Voi mi tiranneggiate senza ragione, voi mi volete perdere, voi mi volete sagrificare.

ROB. Così parlate ad un padrone che vi ama, ad uno che ha promesso fare la vostra fortuna, e che è capace di farla?

ZEL. Ogni fortuna, senza Lindoro, è per me una disgrazia. Rinunzio a tutto, rinunzio al vostro amore, alla vostra promessa. Lasciatemi seguir l'amor mio, o lasciatemi abbandonare alla mia disperazione.

ROB. No, Zelinda, no, cara, venite qui. Non voglio vedervi sì afflitta, sì disperata. (Bisogna lusingarla per renderla a poco a poco capace di sentimenti.)

ZEL. Per carità, non siate meco sì crudele.

ROB. No, non lo sono, e non lo sarò mai.

## SCENA XIII

### Donna Eleonora e detti.

ELE. (da sè) (Ecco lì il caro signor consorte. Sentiamo un poco i bei ragionamenti che tiene colla cameriera.)

ROB. Sapete quanto vi amo. Quietatevi, e col tempo spero di potervi render contenta.

ZEL. Ah, voglia il cielo che diciate la verità!

ELE. (da sè) (Che sì che costoro contano sulla mia morte!)

ROB. Fidatevi di me, e non temete. Ma rallegratevi, per amor del cielo. Fate che in casa non vi vedano così trista. Non fate ridere i vostri nemici. Nascondetevi soprattutto a mia moglie.

ELE. (avanzandosi) Bravo, signor consorte, lodo il suo spirito, la sua condotta...

ZEL. (Eccomi in un nuovo imbarazzo.) (resta mortificata)

ROB. E che cosa fate voi qui?

ELE. Vengo ad ammirare ciò che ella ha la bontà di dire a questa buona figliuola.

ROB. Ebbene, se avete sentito quel che le ho detto, sarete meglio persuasa e di lei e di me.

ELE. (con collera) Sì, sono persuasissima, che vorreste ch'io crepassi per isposarla.

ROB. Circa al desiderio che voi crepiate, lasciamola lì; ma circa allo sposare Zelinda...

ELE. (come sopra) E avreste coraggio di aspirare alle terze nozze?

ROB. Io non vi rendo conto del mio coraggio. Vi dico solamente che pensate male...

ELE. Ma spero che creperete prima di me.

ROB. Sarà sempre meglio crepare, che vivere con una furia, come voi siete.

ELE. Quella sfacciata me ne renderà conto.

ZEL. Signora, voi non mi conoscete...

ELE. Taci là, impertinente.

ROB. Rendetele più giustizia. Ella ha delle massime, che voi non avete mai conosciute.

ELE. Ardireste di mettermi a fronte d'una mia serva?

ROB. Una serva morigerata vale assai più d'una cattiva padrona.

ELE. Questo è troppo soffrire. Prenderò il mio partito. Farò quelle risoluzioni che mi convengono.

ROB. Ne farò io una sola, che valerà per tutte le vostre.

ZEL. No, signor padrone, per amor del cielo...

ROB. (*ad Eleonora*) Voi perseguitate a torto questa innocente.

ELE. È innocente, come voi.

ROB. Sì, come me. Che vorreste voi dire?

ELE. Due perfidi...

ROB. Parlate bene.

ZEL. Vi prego...

ROB. (*a Zelinda*) Venite meco, non posso più tollerarla.

ELE. (*con ironia*) Sì, ricovratela sotto de' vostri innocenti auspici.

ROB. (*a Zelinda, fremendo*) Andiamo.

ZEL. (*a Roberto*) Signore, lasciatemi qui un momento.

ELE. Ecco il bell'acquisto che ho fatto! un marito, che potrebbe esser mio padre.

ROB. Sì, per il consiglio, per la prudenza.

ELE. E ho da soffrire tutte le sue imperfezioni?

ROB. Di quali imperfezioni parlate?

ELE. Di quelle del cuore, di quelle dello spirito, e di quelle della persona.

ROB. Andate, che non posso più tollerarvi. (*parte*)


## SCENA XIV


### Donna Eleonora *e* Zelinda


ELE. Per causa tua, disgraziata.

ZEL. Signora, se sapeste lo stato mio, vi movereste a pietà di me.

ELE. Pretendi di migliorare il tuo stato alle spese di mio marito?

ZEL. Ah no, signora, ve l'assicuro. Sappiate che per mia disgrazia...

ELE. Non vo' saper altro. L'unica pruova che tu puoi darmi della tua innocenza, è il sortir subito di questa casa.

ZEL. Se non credessi di offendere il mio padrone...

ELE. Che padrone? Sono io la padrona. Egli ti ha preso per servirmi. Le cameriere non dipendono che dal piacere e dal dispiacere delle padrone. Non son contenta di te, ti licenzio, vattene immediatamente.

ZEL. Mi licenziate?

ELE. Sì, ed ho l'autorità di farlo.

ZEL. (Ah, profittiamo dell'occasione per vivere e per morir con Lindoro.)

ELE. Se ricusi d'andartene, mi confermerai nel sospetto.

ZEL. Signora, sono innocente, e se deggio darvene una prova coll'allontanarmene di casa vostra, partirò col maggior piacere del mondo.

ELE. Bene, farete il vostro dovere.

ZEL. Permettetemi ch'io unisca le mie poche robe.

ELE. Andate, e sollecitatevi.

ZEL. (*in atto di partire*) (Oh! Amore mi renderà sollecita più che non credi.)

ELE. (*minacciandola*)Se vi avvisaste di parlarne con mio marito...

ZEL. Non temete, signora, non lo vedrò certamente. (Ah fra le mie disgrazie questa è la meno sensibile, e può essere la più fortunata.) (*parte*)

## SCENA XV

### Donna Eleonora, *poi* Don Flaminio

ELE. Potrebbe anche essere ch'ella fosse innocente; ma in ogni modo deve partire. L'orgoglio con cui mio marito mi tratta, merita ch'io ne faccia un risentimento. Sia amore, sia pietà che lo mova, agisce sempre male, se pretende di agire a mio dispetto. Se io non mi vendico da me stessa, poco conto far posso de' miei parenti. Se fosse qui Don Federico, son certa che molto farebbe valere la sua amicizia per me! È un anno ch'ei partì da Pavia. Doveva ritornare dopo sei mesi... (*guardando fra le scene*) Ma che vuole il mio signor figliastro? Degna prole del mio graziosissimo sposo!

FLA. Signora, con sua permissione, si potrebbe sapere che cosa ha con Zelinda?

ELE. Ho io da render conto a vossignoria di quello che passa fra me e la mia cameriera?

FLA. Ma che ha Zelinda che piange?

ELE. Domandatelo a lei.

FLA. Oh bene, senza ch'io lo domandi, contentatevi che vi dica che so ogni cosa; che ho sentito tutto da quella camera; che voi, signora, con vostra permissione, non potete licenziare Zelinda senza il consentimento di mio padre, ch'è il padrone di questa casa.

ELE. Voi mi fareste ridere, se ne avessi voglia: che dice il padrone di questa casa? Si oppone egli alla mia risoluzione?

FLA. Non lo so, non è in casa, e quando ritornerà...

ELE. Tanto meglio se non è in casa; che Zelinda sen vada, e quando ritornerà...

FLA. Signora, non isperate che ciò succeda. Zelinda non sortirà certamente.

ELE. Siete voi che vi opponete?

FLA. Sì, signora, son io che, dopo mio padre...

ELE. Sì, tocca a voi dopo il padre ad usarmi le impertinenze.

**Fabrizio** *e detti.*

FAB. Signori, che cosa c'è? Mi perdonino. Non si facciano sentire dal vicinato.

ELE. Così si perde il rispetto ad una donna della mia sorte? Sì, Zelinda deve sortire di qui; l'ho detto, lo sostengo, e se n'andrà.

FLA. Non se n'andrà...

FAB. (*a Don Flaminio, tirandolo in disparte*) Signore, una parola in grazia. Con permissione della padrona.

ELE. (A costo di tutto vuo' sostenere il mio punto.)

FAB. (*piano a Don Flaminio*) (Caro signor padrone, perchè non lasciate sortir Zelinda? Non vedete voi che fuori di casa, lontana da vostro padre, e nel bisogno in cui sarà di soccorso, avrete miglior agio per vederla, trattarla ed obbligarla ad amarvi?)

FLA. (*piano a Fabrizio*) (Hai ragione: non ci avevo pensato.)

FAB. (*da sè*) (Ci penso io per il mio proprio interesse.)

ELE. Che si fa, signori miei garbatissimi? Si trama qualche insidia contro di me?

FLA. Al contrario, signora mia. Fabrizio mi ha dette delle buone ragioni, ed io consento che Zelinda sia licenziata.

ELE. Oh, oh, che buone ragioni ha saputo dirvi? come vi ha sì presto guadagnato lo spirito? Posso essere a parte anch'io di queste buone ragioni? (*da sè*) (Non mi fido nè dell'un, nè dell'altro.)

FAB. Signora, non è necessario che voi sappiate...

ELE. È tanto giusto ch'io lo sappia, che vi farò parlare vostro malgrado.

FLA. Contentatevi che Zelinda sen vada.

ELE. Ma vuo' sapere il perchè.

FLA. (*piano a Fabrizio*) (Abbiamo fatto peggio, mi pare.)

FAB. Orsù, poichè la signora vuol saper il segreto, conviene svelarlo.

FLA. (*piano a Fabrizio*) (No, non facciamo...)

FAB. (*a Don Flaminio*) (Lasciate fare.) (*a Donna Eleonora*) Son persuaso che la signora non vorrà mettermi in un imbarazzo.

ELE. No, vi prometto di risparmiarvi ogni dispiacere.

FAB. Sappiate dunque che ho scoperto al signor Don Flaminio una cosa che lui non sapeva, e questa lo ha determinato ad acquetarsi su l'articolo di licenziare Zelinda; e la cosa è questa... ma per amor del cielo...

ELE. Non dubitate.

FAB. Il signor Don Roberto ama troppo questa giovane, ed ella, non so che dire... Tutto il mondo ne mormora, e ne sospetta...

ELE. Oh ecco ch'io diceva la verità. Oh mio marito si voleva difendere, e quell'indegna... ma eccola, si è pentita forse di andarsene? Partirà suo malgrado.


## SCENA XVII


**Zelinda** *e detti.*


ZEL. Signora…

ELE. (*con collera*) Che ardir avete voi di ricomparirmi dinanzi gli occhi? Perchè non ve ne andate, come vi ho ordinato, come mi avete promesso?

ZEL. (*con una riverenza*) Signora, voi mi avete data la permissione di unire le mie poche robe. L'ho fatto, sono pronta a partire, e vengo unicamente per far con voi il mio dovere.

ELE. Bene, andate, e prego il cielo vi dia migliore condotta, e migliore fortuna.

ZEL. Circa alla fortuna, sono avvezza ad averla contraria; ma circa alla condotta, grazie al cielo, non ho niente a rimproverarmi.

FLA. (*piano a Fabrizio*) (E pur la vedo partire mal volentieri.)

FAB. (*piano a Flaminio*) (Andremo a consolarla dove sarà.)

ZEL. (*a Donna Eleonora.*) Se non fosse troppo ardire il mio, vi supplicherei d'una grazia.

ELE. Se io potrò farvi del bene, lo farò volentieri.

ZEL. Vorrei... Ma se non voleste incaricarvene voi, pregherò il signor Don Flaminio, o Fabrizio.

FLA. Dite, che posso fare per voi?

FAB. Eseguirò i vostri ordini assai volentieri.

ZEL. Vorrei che l'uno o l'altro facesse le parti mie doverose col signor Don Roberto...

ELE. Sì sì, me ne incarico io; ma vi avvertisco, che se il signor mio consorte viene intorno di voi, e che voi abbiate l'ardire di riceverlo e di trattarlo, vi farò uscire di questo paese con poco vostro decoro.

ZEL. Oh cieli! e volete ancora mortificarmi sì ingiustamente? Non siete ancor persuasa della mia innocenza?

ELE. No, perchè ho dei testimoni in contrario.

FAB. (*piano ad Eleonora, perchè non parli*) (Signora mia...)

ZEL. E chi è, signora, che ardisce d'imposturare?... Quali sono li testimonj?

ELE. Eccoli lì. Don Flaminio e Fabrizio.

FAB. (*da sè*) (Diavolo!)

FLA. (*da sè*) (Me l'aspettava.)

ZEL. Come! hanno avuto coraggio quei due di parlare contro di me, in tempo ch'io ho avuto la discrezione di non parlare di loro? Sono falsi, sono mendaci. Rispetto il signor Don Flaminio come figliuolo del mio padrone, ma l'onor mio vuole che mi difenda. Se avessi badato a lui, meriterei, signora, la vostra collera ed il vostro disprezzo. Egli non ha mancato di tormentarmi con dichiarazioni amorose, con studiate lusinghe, e con promesse di matrimonio; e quell'indegno di Fabrizio che fa l'amico del suo padrone, mi ama egualmente, mi perseguita, ed è il suo rivale. Ecco, signora mia, chi dovete rimproverare, non un padrone pietoso, non un marito saggio e prudente, non una povera sfortunata. Parto di qui volentieri per non soffrire inquietudini, per togliermi alla vista degl'impostori, per salvare il mio decoro, la mia insidiata riputazione. (*parte*)

### SCENA XVIII

### Donna Eleonora, Don Flaminio *e* Fabrizio

ELE. (*a Don Flaminio e a Fabrizio*) Bravi, bravissimi, l'uno e l'altro.

FAB. (*ad Eleonora*) In quanto a me, vi protesto...

FLA. (*a Fabrizio*) Indegno! vorreste gettar la colpa sopra di me?

ELE. È inutile che parliate meco. Zelinda è sortita ed ecco una ragione di più che giustifica la risoluzione che ho presa. Se avete delle cose da dire (*a Don Flaminio*) voi le direte al padre, (*a Fabrizio*) voi le direte al padrone. (*osservando fra le scene*) Eccolo lì, è ritornato. Sarà mio carico l'istruirlo. Toccherà a voi a giustificarvi. (Presto, presto, impediscasi ch'ei non trattenga Zelinda.) (*da sè, parte*)

## SCENA XIX

### Don Flaminio *e Fabrizio*

FLA. Tu m'ingannavi dunque, tu ti prendevi gioco di me?

FAB. Signore, credete voi a tutto quello ch'avete inteso?

FLA. Sì, lo credo anche troppo. Sei un perfido, uno scellerato, e troverò la via di mortificarti.

FAB. Se avrete la bontà di ascoltarmi...

FLA. Sì, se ti ascoltassi, non ti mancherebbero dei pretesti, delle menzogne.

FAB. (Io sono nel più grand'imbarazzo del mondo.)

FLA. (A costo di tutto, non vuo' perder di vista la mia adorata Zelinda.)

## SCENA XX

### Don Roberto *e detti.*

ROB. (Non avrei mai creduto che mio figliuolo... Eccolo lì, con quell'altro ipocrita disgraziato.)

FAB. (Povero me! il padrone!)

FLA. (Ecco mio padre. Oh cieli! Chi sa, se sarà istruito?)

ROB. Fabrizio!

FAB. Signore!

ROB. Ritiratevi!

FAB. Signor padrone...

ROB. Andate via, vi dico. Ho da parlare con mio figliuolo.

FLA. (Ah ci sono!)

FAB. (*accennando Don Flaminio, e parte*) (Conviene obbedire. Chi sa che tutta la colpa non sia rovesciata sopra di lui.)


## SCENA XXI


### Don Roberto *e* Don Flaminio


ROB. Ebbene, signor figliuolo carissimo, voi siete quello ch'è lontano dal pensiero di maritarsi, che ricusate tutti i partiti che vi si propongono, che non amate le conversazioni delle donne...

FLA. Signore, è verissimo, non lo nego, l'occasione, il merito di Zelinda mi hanno fatto cedere alla mia avversione.

ROB. E con qual animo? con qual intenzione?

FLA. Se ho da dirvi la verità, non ho mai pensato che ad un fine onesto e degno delle qualità amabili di quella figliuola.

ROB. In questo tu gli hai resa quella giustizia che merita. Zelinda è nata assai civilmente, è saggia, è virtuosa, è morigerata. Ma ella non ti conviene. Io l'amo come se fosse una mia figliuola, però non l'amo a segno di perder di vista il decoro della mia famiglia. Il nostro grado e la nostra fortuna ti promettono un matrimonio comodo e decoroso, e non acconsentirò mai...

FLA. Deh! signor padre, se avete della bontà per lei, se avete della bontà per me...

ROB. No assolutamente. Levati dal capo cotesta idea; altrimenti troverò il modo di fare che ti svanisca...

FLA. L'amo troppo, signore, e non sarà possibile...

ROB. Temerario! ardisci di dire in faccia a tuo padre non sarà possibile?

FLA. Zelinda ha del merito, e credo che la mia inclinazione sia bastantemente giustificata.

ROB. Tocca a me ad approvarla: non tocca a te.

FLA. Finalmente l'amore ch'io ho per lei, è un amor libero, che non fa torto a nessuno, e non reca a lei quel pregiudizio che rendere le potrebbe un amore di un'altra specie. (*con un poco di caricatura*)

ROB. Ah indegno! credi tu ch'io non ti capisca? Credi tu ch'io non veda ch'hai il mal animo di sospettare di me, ed hai la temerità di rimproverarmi?

FLA. Non dico questo, signore...

ROB. Orsù, ascoltami, e queste sieno l'ultime parole che ti dico su tal proposito. Pensa a prendere il tuo partito; risolviti o di maritarti, o di andar a vivere nel castello che ci appartiene. Non ti sembri duro ch'io ti allontani da me, per custodire una cameriera che merita un onesto riguardo.

FLA. Che parlate voi di custodire la cameriera?

ROB. Sì, Zelinda resterà meco, fintantochè sarà collocata.

FLA. Non sapete voi che Zelinda?...

ROB. E se tu resti col pretesto di maritarti, avverti bene di sfuggirla quando l'incontri, e non aver ardire di guardarla in faccia nemmeno.

FLA. In casa?

ROB. In casa.

FLA. (*con aria di gravità*) Sarete servito.

ROB. Come! me lo dici in maniera...

FLA. Ve lo dico costantemente, poichè Zelinda in questa casa più non si trova.

ROB. Come? non vi è più Zelinda?

FLA. Non signore, è sortita, è congedata, è partita.

ROB. E chi è che l'ha congedata?

FLA. La vostra signora sposa.

ROB. Senza dirmelo? senza dipender da me? per astio? per dispetto? per malignità?

FLA. Certo, per quel carattere amabile che adorna il merito della mia signora matrigna. (*parte*)

**Don Roberto** *solo.*

Tanto ardire! una simile soperchieria usar a me? No, sarei troppo vile, se la soffrissi. Zelinda ritornerà in casa mia. La ritroverò, la ricondurrò. Eleonora è un'ingrata, mio figlio è un impertinente, Fabrizio è un impostore. Tutti perfidi, tutti nemici. Io merito più rispetto, e Zelinda più compassione. (*parte*)

FINE DELL'ATTO PRIMO

# ATTO SECONDO

## SCENA PRIMA

Strada.

**Lindoro** *solo.*

Ah pazienza! Sa il cielo quando potrò rivedere la mia cara Zelinda! Meschino di me! L'ho lasciata nelle mani de' miei nemici, in mezzo de' suoi persecutori. È vero che Don Roberto ha cura di lei, ma egli non sa il pericolo che la sovrasta, ed ella non avrà coraggio di dirlo, ed io non ho avuto campo di manifestarlo. Questo pensiero m'inquieta più della privazione medesima. L'amore, il timore, la gelosia m'opprimono sì fattamente, che non sento la mia miseria, e sono indifferente agli oltraggi della fortuna. Ecco qui: un giovine civile, allevato fra i comodi ed i piaceri, scacciato villanamente da un luogo, ed obbligato per vivere a servire un altro. E buon per me che abbia trovato sì presto da collocarmi, per non essere costretto a vendere quel poco che ho in dosso per sostenermi. La condizione che ora sono obbligato di prendere, è più umiliante dell'altra, ma pazienza: la soffrirei volentieri purchè avessi la compagnia di Zelinda, purchè mi fosse accordato il piacere di vederla. Questa è la mia pena, questo è il mio martòro, questa è la mia unica disperazione. (*resta pensoso*)

## SCENA II

**Zelinda**, *un* **Facchino** *che porta un baule, e detto.*

ZEL. (*al Facchino*) No, amico, non so dove andare precisamente. Mi fido in voi. Conducetemi in qualche onesto albergo.

FAC. Se volete, vi condurrò in casa mia.

ZEL. Sì, mi farete piacere. Sarete giustamente ricompensato.

LIN. Qual voce? (*si volta*)

ZEL. Oh cieli! (*scoprendo Lindoro*)

LIN. La mia Zelinda?

ZEL. Il mio bene? (*corrono e s'abbracciano*)

LIN. Come qui? Dove andate?

ZEL. Vi racconterò...

FAC. Signora, per quel ch'io vedo, voi non avete più bisogno di me.

ZEL. (*al Facchino*) Aspettate, aspettate. Sappiate, Lindoro mio...

FAC. Ma il baule pesa.

LIN. Mettetelo giù, galantuomo.

FAC. Dove?

LIN. Là, su quel muricciuolo di dietro quella casa.

ZEL. Ed aspettate un momento, che vi chiamerò.

FAC. Signora, vi avverto che in casa mia non vi è luogo.

ZEL. Me l'avete pure esibito.

FAC. Sì, vi sarebbe luogo per uno, ma non vi è luogo per due. (*si ritira*)


## SCENA III


### Zelinda *e* Lindoro


LIN. Presto, presto, mia cara, istruitemi delle vostre avventure. Come siete voi qui? Che fate voi del baule?

ZEL. Vi dirò in due parole. Non sono più in casa del signor Don Roberto...

LIN. Tanto meglio per me. Come ne siete sortita?

ZEL. Sono stata licenziata.

LIN. Da chi?

ZEL. Dalla padrona.

LIN. Perchè?

ZEL. Vi dirò, la signora Donna Eleonora...

LIN. No, no, non perdiamo tempo per ora; mi racconterete ciò con più comodo. Pensiamo ora a quello che più c'interessa. Dove pensate voi di ricoverarvi?

ZEL. Non lo so. Mi aveva esibito il facchino... Ma ora che ho avuta la fortuna d'incontrarvi... Dove siete voi alloggiato?

LIN. La necessità mi ha determinato...

ZEL. Non pensiate già ch'io concepisca il disegno di dimorare con voi, finchè non siamo marito e moglie.

LIN. Sì, avete ragione: ma pure eravamo insieme in casa di Don Roberto.

ZEL. Altra cosa è il servire in una medesima casa, altra cosa sarebbe vivere insieme senza una positiva ragione.

LIN. La sorte in questo ci è favorevole. Potreste tentare di venir a servire nella casa dove io sono collocato.

ZEL. Avete già trovato un impiego?

LIN. Ah sì, ma qual impiego! ho rossore a dirlo.

ZEL. È cosa che vaglia a disonorarvi?

LIN. No, fintanto ch'io non son conosciuto. Vi dirò la cosa com'è. Sortito di casa di Don Roberto, ho incontrato a caso Giannino, il garzon del librajo; gli ho confidato la mia situazione, si è interessato per me. Mi ha condotto da una signora del suo paese. Ella avea bisogno d'un cameriere. Ho avuto qualche ripugnanza dapprima, ma poi pensando ch'io non poteva senza un appoggio sussistere, veggendo la difficoltà di potermi impiegare onorevolmente, temendo di non più rivedervi, ho accettato il partito, e mi sono accomodato per cameriere.

ZEL. Povero il mio Lindoro! E tutto questo per me!

LIN. Che non farei, mia cara, per voi?

ZEL. E come dite voi che la fortuna ci potrebbe aiutare?

LIN. La mia padrona ha bisogno ancor d'una cameriera... Se vi riuscisse di entrarvi?...

ZEL. Volesse il cielo! Ma in qual maniera poss'io condurmi?

LIN. Vi dirò. Ho sentito dire ch'ella si è raccomandata per questo a certa donna che chiamasi la Cecchina che fa la rivenditrice, ed abita vicino al luogo che si chiama il Bissone. Informatevi di lei, cercatela, parlatele, fatevi proporre; e son certo, che se la signora Barbara vi vede, vi prende subito al suo servizio.

ZEL. Si chiama la signora Barbara la vostra padrona?

LIN. Sì, questo è il suo nome.

ZEL. E la sua condizione?

LIN. Il giovane suo paesano mi assicura ch'ella è la figlia unica di un negoziante di Torino, che per disgrazia ha fallito; ma trovandosi ella in necessità come noi, si approfitta della musica che ha appresa per passatempo, ed esercita la professione della cantatrice.

ZEL. Io non disapprovo il mestiere, quando onestamente sia esercitato; ma assicuriamoci bene...

LIN. Giannino mi ha prevenuto, ch'ella è la più saggia e la più onesta giovane di questo mondo.

ZEL. Quand'è così, non avrò alcuna difficoltà di propormi.

LIN. Oh bella cosa sarebbe che ci trovassimo nuovamente insieme!

ZEL. Direi che la sorte mi è più favorevole che contraria.

LIN. Vi amo tanto!

ZEL. Siete sì ben corrisposto!

LIN. Ma andate subito, cara, andate. Vi sovvenite voi di Cecchina?

ZEL. Sì, so benissimo. Al Bissone. Non perdo tempo... (*vuol partire, poi si ferma*) Ma che farò frattanto del mio baule?

LIN. Consegnatelo a me. Lo farò portare in casa della padrona. Dirò ch'è la roba mia.

ZEL. Va benissimo. Ehi, galantuomo. (*alla scena*)

## SCENA IV

*Il* **Facchino** *col baule, e detti.*

FAC. Son qui. Avete ritrovato il quartiere?

ZEL. Andate con questo giovane. Portate il mio baule dov'egli vi ordinerà, e sarete da lui soddisfatto.

FAC. Benissimo. Ditegli ch'abbia riguardo al tempo che mi ha fatto perdere.

ZEL. Sì, avete ragione. (*al Facchino*) Pagatelo generosamente. (*a Lindoro*)

LIN. (Cara Zelinda, deggio dirvi una verità lagrimosa.)

ZEL. E che cosa?

LIN. Non ho tanto danaro in tasca per soddisfar il facchino.

ZEL. Io ne ho veramente, ma tutto il mio è nel baule. Tenete la chiave, apritelo quando siete in casa, e pagatelo.

LIN. Siete pur buona! siete pure amorosa!

ZEL. (*in atto di partire*) Addio, addio.

LIN. (*la chiama indietro*) Ma sentite sentite.

FAC. (*a Lindoro*)Va lunga questa faccenda.

LIN. (*al Facchino*) Un momento. – Se voi venite in casa con me, com'io spero, conteniamoci con prudenza, che non si venisse a scoprire...

ZEL. Oh sì, bisogna fingere indifferenza.

LIN. E anche dell'avversion, se bisogna.

ZEL. Così, così, non tanta. Ricordatevi di quel che abbiamo passato.

FAC. Sono stanco; lo getto qui, e me ne vado.

LIN. (*a Zelinda*) Addio.

ZEL. Addio, addio, a rivederci. (*parte*)


SCENA V


**Lindoro**, *il* **Facchino**, *poi* **Don Flaminio**


LIN. (*al Facchino*)Andiamo, andiamo.

FAC. Abbiamo d'andar troppo lontano?

LIN. No, trenta o quaranta passi, e non più.

FAC. Le mie spalle se ne risentono. (*vanno per partire*)

FLA. (*da sè*) (Ah sì senz'altro; quello è il baule che appartiene a Zelinda.) (*al Facchino*) Fermatevi, galantuomo.

FAC. Un'altra fermativa?

LIN. (*a Don Flaminio*) Che cosa pretendete, signore?

FLA. (*a Lindoro*) Dove fate voi trasportare quel baule?

LIN. Qual ragione avete voi di saperlo e di domandarlo?

FLA. Temerario! così mi rispondete?

LIN. Signore, io non vi perdo il rispetto, ma non sono più al vostro servigio, e non avete alcuna autorità sopra la mia persona.

FAC. Finiamola, ch'io non posso più.

LIN. (*al Facchino, incamminandosi*) Seguitatemi.

FLA. (*lo ferma con violenza*) Fermatevi.

FAC. (*lascia cadere il baule in terra, e vi siede sopra*) Eh il diavolo vi porti.

FLA. (*a Lindoro*) Dov'è Zelinda?

LIN. (*con sdegno*) Io non lo so, signore.

FLA. Come! Avete voi in consegna il di lei baule, e non sapete ov'ella sia?

LIN. Non lo so, vi dico, e quando lo sapessi, non lo direi.

FLA. (*minacciandolo*) Vi farò parlare per forza.

LIN. (*con spirito*) Spero che vi guarderete di usarmi qualche violenza.

FLA. Giuro al cielo!... (Ma no, conviene per ora moderare la collera.)

LIN. (*al Facchino*) Prendete su quel baule.

FAC. (*a Don Flaminio*) Lo prendo, o non lo prendo?

FLA. Basta, basta... prendetelo, portatelo, non mi oppongo.

FAC. (*a Lindoro*) Aiutatemi, se l'ho da rimettere in spalla.

LIN. (Misero me! a qual condizione son io ridotto!) (*dà la mano al baule, e lo rimette in spalla al Facchino*)

FLA. (*da sé*) (È meglio ch'io li lasci fare, ch'io li sèguiti di lontano, e che mi assicuri s'egli lo porti in casa della cantatrice, dove mi dicono ch'ei sia ricoverato.)

LIN. (*al Facchino, incamminandosi*) Andiamo.

FAC. In nome del cielo!

<br>

## SCENA VI

**Don Roberto** *ed i suddetti.*

<br>

ROB. (*arresta il Facchino*) Alto là, alto là.

FAC. Cosa c'è di nuovo?

ROB. Dove vai con quel baule?

FAC. (*accennando Lindoro*) Domandatelo a quel galantuomo.

ROB. (*a Lindoro*) Dov'è Zelinda?

LIN. Non lo so, signore. Me l'ha domandato ancora il signor Don Flaminio.

ROB. (*a Don Flaminio*) Disgraziato! Persisti ancora a disobbedirmi?

FLA. Ma io vi assicuro...

ROB. (*a Lindoro*) Voglio sapere dov'è Zelinda.

LIN. È inutile che a me voi lo domandiate.

FAC. (*da sè*) (Lo torno a gettar per terra.)

ROB. Troverò io la via di saperlo. Amico, voi mi conoscete; voi avete preso quel baule in casa mia; venite con me, e riportatelo ov'era prima.

FAC. Mi pagherete?

ROB. Vi pagherò.

LIN. (*a Don Roberto*) Ma voi, signore, non avete più autorità...

ROB. Mi maraviglio che abbiate ardire...

FAC. Eh corpo del diavolo! Lo porterò dove l'ho trovato. (*parte*)

ROB. (*a Lindoro*) Ci parleremo con comodo. Se Zelinda vorrà il suo baule, verrà ella a prenderlo in casa mia. (*parte dietro al Facchino*)


## SCENA VII


### Don Flaminio *e* Lindoro


LIN. Non permetterò mai... (*vuol seguitar Don Roberto*)

FLA. (*lo trattiene*) Fermatevi.

LIN. Nessuno mi potrà impedire... (*vuol sforzare il passo*)

FLA. Fermatevi, o giuro al cielo... (*mette la mano alla guardia della spada*)

LIN. (*fa lo stesso, poi si pente*) – (*da sè*) (Ah se Zelinda non mi trattenesse!)

FLA. Ecco il bel servigio che avete reso a Zelinda.

LIN. Vostro padre è un uomo d'onore. Le renderà tutto quello che le appartiene.

FLA. Ma intanto...

LIN. Intanto siete voi la causa ch'ella avrà questo spiacere.

FLA. Ditemi dov'ella si trova, e m'impegno di farvi avere il di lei baule.

LIN. V'impegnereste di questo?

FLA. Sì, vi do la mia parola d'onore.

LIN. Malgrado ai risentimenti di vostro padre?

FLA. Malgrado a tutto quello che mi potesse arrivare.

LIN. Signore, se mi permettete, vorrei dirvi una cosa.

FLA. Ditela liberamente.

LIN. Mi perdonerete voi s'io la dico?

FLA. È cosa che possa offendermi?

LIN. No, poichè non è che un sentimento onesto e sincero d'un vostro buon servitore.

FLA. Parlate dunque senza difficoltà.

LIN. Quel ch'io ho l'onore di dirvi si è, che il modo vostro di pensare fa torto all'educazione che avete avuta, fa torto a voi medesimo...

FLA. Mi vorreste fare il pedante?

LIN. Non signore. Parlo con la dovuta riverenza, e vi dico, che mancar di rispetto al padre... Deh ascoltate pazientemente uno sfortunato che trovasi nel caso vostro. Io, signore, io stesso per secondare l'amore, la passione, o il capriccio, ho disobbedito mio padre, ho mancato al debito di rispettarlo, mi sono allontanato da lui, ed eccomi ridotto a soffrire la servitù, a soffrire l'avvilimento, il dispregio e la derisione. Ecco gli effetti della mala condotta. Prendete esempio da me, regolatevi nelle vostre intraprese, e compatitemi se ho avuto l'ardire di correggervi, e se ho la disgrazia di dispiacervi. (*parte*)

## SCENA VIII

### Don Flaminio, *poi* Fabrizio

FLA. Costui ha trovato la via di mortificarmi, senza ch'io possa trattarlo male. Mi ha detto la verità, mi ha convinto col suo proprio esempio. Ma le insinuazioni d'un rivale non vagliono a persuadere, e non sono in grado di cedergli tranquillamente il cuor di Zelinda. L'amo e sono impegnato, ed ho il puntiglio per sopra carico dell'amore.

FAB. (Ecco qui Don Flaminio. Ho ancor bisogno di lui, e convien tentare di lusingarlo.) Signore...

FLA. Indegno! ardisci ancora di presentarti dinanzi a me?

FAB. In verità, signore, mi fate torto.

FLA. Vorresti ancora inorpellarmi la verità?

FAB. Ma qual verità?

FLA. Che! non ha parlato chiaro Zelinda?

FAB. E volete credere ad una giovine innamorata, che accusa tutto il mondo per coprir sè medesima?

FLA. Non hai avuto coraggio di difenderti in faccia sua.

FAB. Perchè Donna Eleonora non mi ha dato il tempo di farlo.

FLA. Tu sei un perfido, tu m'inganni.

FAB. Siete in errore, signore, ve l'assicuro. Vi darò prove della mia fedeltà. Sapete voi dove sia Zelinda?

FLA. (*serio*) No, non lo so.

FAB. (*da sè*) (Questo è quello che mi dispiace.)

FLA. (Scopriamo un poco l'intenzion di costui.) Perchè mi domandi tu, se io so dove sia Zelinda?

FAB. Perchè ora sarebbe il tempo di guadagnarla.

FLA. Per chi?

FAB. Per voi.

FLA. (*con sdegno*) Per me, o per te?

FAB. Per voi, ve l'assicuro, per voi. Io non ci penso, e non ci ho pensato mai. Se anche avessi qualche inclinazione per lei, credete ch'io non capisca ch'ella è vana della pretesa sua nobiltà, e che non avrei in concambio che dei disprezzi? Io le ho parlato per conto vostro, ed ella ha interpretato male i miei detti. Ha preso gli elogi per dichiarazione d'amore, e le mie attenzioni civili per effetti di attaccamento. Mi dispiace che non si sa ove sia, altrimenti vi farei toccar con mano la verità.

FLA. (*placidamente*) Non si sa dove sia, ma si può sapere.

FAB. Per saperlo, basterebbe rilevare dov'è Lindoro.

FLA. E che si potrebbe sperar da lui?

FAB. Potrebbe darsi che fossero insieme; e se non lo sono ancora, mi darebbe l'animo di ricavare da lui...

FLA. E credi tu che Lindoro si lascerebbe indurre a scoprirlo?

FAB. Ne son sicuro.

FLA. Ed io ti replico che t'inganni. Ho parlato io stesso a Lindoro, l'ho lusingato, l'ho minacciato: è stato inutile, non vuol parlare.

FAB. Eh cospetto di bacco! Se gli parlo io, scommetto che mi dà l'animo di farlo parlare.

FLA. Se questo potesse essere...

FAB. Sapete voi dov'egli dimora?

FLA. Sì, l'ho saputo per accidente.

FAB. Ditemelo, e non dubitate.

FLA. L'amico suo, il suo paesano Giannino, l'ha collocato per cameriere in casa di certa signora Barbara cantatrice.

FAB. So chi è, la conosco.

FLA. La conosco anch'io, ma non so ove stia di casa.

FAB. Lo so io, lo so io. Anderò a ritrovarlo, e gli parlerò, e gli terrò dietro se occorre, e farò tanto, che mi riuscirà di saperlo.

FLA. Insegnami la casa della cantatrice.

FAB. Non serve, signore, non serve che v'incomodiate. Fidatevi di me, lasciatevi servire, e vivete tranquillo. (È sciocco se crede ch'io voglia operare per lui). (*parte*)

## SCENA IX

### Don Flaminio *solo.*

Il furbo non vuol insegnarmi la casa, ed io pazzamente gli ho nominato la persona. Dubito che continui a burlarsi di me. Ma non è difficile a rilevare la dimora della cantatrice. Andrò io stesso col pretesto di visitarla. Una virtuosa di musica non rifiuterà la sua porta ad un galantuomo, tanto più che ci siamo trovati insieme più d'una volta, e mi conosce. Voglio nuovamente parlare a Lindoro, voglio prevenire Fabrizio, e valermi del suo disegno, come egli si vale della mia scoperta. Amore non manca di mezzi termini e di ripieghi. È vero ch'io vado incontro alla collera di mio padre, ma egli non può sapere tutti i miei passi, e poi è troppo buono per non compatire una passione sì tenera, e sì comune. (*parte*)

## SCENA X

Camera in casa della cantatrice, con spinetta e clavicembalo.

### Lindoro *solo.*

Sono inquieto per la mia Zelinda. Non so s'ella avrà trovato la rivenditrice. Non la vedo ancora a venire. Ma che dirà la povera figlia, quando saprà che il baule non è più in mio potere? Sa il cielo quanto vi vorrà per riaverlo, e ch'ella non sia obbligata a rientrare... Ma no, a costo di perder tutto, ella non rientrerà in quella casa, ella non mi darà più il dispiacere di vederla fra' miei nemici. Soffro io per lei una condizione indegna di me, soffrirà ell'ancora egualmente finchè la sorte si cangi, finchè mio padre s'acquieti, e mi permetta di essere seco lei fortunato. Ma ecco la mia padrona.

## SCENA XI

### Barbara *e detto.*

BAR. Tirate innanzi, Lindoro, quella spinetta.

LIN. Sì, signora, subito. (*eseguisce, ma con istento*)

BAR. Una sedia.

LIN. (*accosta una sedia alla spinetta, e sospira*) Eccola.

BAR. Sapete fare il cioccolato?

LIN. Passabilmente; mi proverò.

BAR. Dite la verità. Voi non siete molto avvezzo a servire.

LIN. Spero che non avrete a dolervi di me.

BAR. Son sicurissima della vostra buona volontà, mi parete un giovine ben disposto; ma capisco dal poco che avete fatto finora che non è questo il vostro mestiere.

LIN. Veramente nella casa da dove ora sono escito, io serviva per segretario.

BAR. E perchè adattarvi ora ad un servigio inferiore?

LIN. Voi mi proverete, signora, e spero che non sarete di me malcontenta.

BAR. La vostra fisonomia, la maniera vostra civile, mi fanno credere che siate nato in uno stato migliore.

LIN. Signora... son nato galantuomo, sono sempre vissuto da galantuomo, e questo è quello di cui ambisco vantarmi.

BAR. Non sarebbe gran fatto che la fortuna contraria facesse un torto alla vostra nascita. Io sono nel medesimo caso. Io non era nata per professare la musica. L'ho appresa per puro divertimento, e la disgrazia del povero mio genitore…

LIN. È stato battuto, mi pare.

BAR. Sì, andate a vedere chi è.

LIN. Vado subito. (*parte*)


## SCENA XII


### Barbara, *poi* Lindoro


BAR. Quando mai si cangerà per me la fortuna? Di tanti adoratori che mi circondano, possibile che non ne ritrovi uno che pensi onorevolmente sopra di me! Il mio contegno dovrebbe pure far conoscere il modo mio di pensare; dovrebbe disingannare i male inclinati, e movere qualcheduno a levarmi da un tal mestiere, ed a credermi degna della sua mano.

LIN. (*da sè, in disparte*) (Eccola la mia Zelinda. Oh! cieli, fate ch'ella sia ricevuta.)

BAR. E bene, chi è?

LIN. È una giovane che vi domanda.

BAR. La conoscete?

LIN. Non l'ho mai veduta.

BAR. Sapete che cosa voglia?

LIN. Io credo venga ad offerirsi per cameriera.

BAR. Può essere, perchè ho licenziata quella che aveva, e mi sono raccomandata per averne un'altra.

LIN. Ma signora, se io ho l'onor di servirvi per cameriere, che bisogno avete voi di una cameriera?

BAR. Sapete voi accomodare il capo?

LIN. No, veramente, non lo so fare.

BAR. Oh bene dunque, ho bisogno di una cameriera; fatela entrare.

LIN. (Sì, sì, venga pure. Io ne ho più bisogno di lei.) (*alla scena*) Venite, quella giovane, entrate.

## SCENA XIII

**Zelinda** *e detti.*

ZEL. Serva umilissima. (*con una riverenza*)

BAR. Vi saluto quella giovine. Che cosa desiderate?

ZEL. Mi manda qui la Cecchina...

BAR. La rivenditrice?

ZEL. Ella appunto. Mi ha detto che la signora ha bisogno di una cameriera...

BAR. È verissimo. Che cosa sapete fare?

ZEL. Signora, di tutto un poco.

BAR. Assettare il capo?

ZEL. Ardisco dire perfettamente.

BAR. Cucire...

ZEL. Di bianco principalmente, e tutto quello che occorre.

BAR. Ricamare?

ZEL. Conosco il mestiere, ma non ne sono perfetta.

BAR. Sapete voi accomodare i merletti?

ZEL. Oh in questo poi mi posso vantare di non la cedere a chi che sia.

BAR. Benissimo.

LIN. (Ah se sapesse tutte le virtù della mia Zelinda!)

BAR. Quanto pretendete voi di salario?

ZEL. Vedrà quel che so fare, e ne parleremo.

BAR. (*piano a Lindoro*) (Che vi pare di questa giovane?)

LIN. (*piano a Barbara*) (Mi par che presumi di saper troppo. Bisogna vedere, bisogna provare. Queste donne si vantano di saper tutto, e spesse volte non sanno niente.)

BAR. (*piano a Lindoro*) (Avete ragione, la proverò.)

LIN. (*da sè*) (Se la prova, ne son sicuro.)

BAR. Due cose mi premono sopra tutto: l'assettare il capo, e l'accomodare i merletti. Per il capo vi proverò domani. Per i merletti vedrò subito quello che saprete fare. Volete trattenervi? Volete andare e tornare?

ZEL. Resterò, se vi contentate.

BAR. Ho una cuffia di pizzo di qualche valore. Il pizzo è rovinato. Vorrei rimetterlo, se fosse possibile.

ZEL. Favorite di far ch'io lo veda; vi saprò dire, se sia possibile.

BAR. Trattenetevi, ch'ora torno. (La giovine non mi dispiace. Credo sarà il mio caso.) (*da sè, parte*)


## SCENA XIV


### Zelinda *e* Lindoro, *poi* Barbara


LIN. (*con allegrezza*) Ah Zelinda mia, la cosa va bene che non può andar meglio.

ZEL. (*allegra*) Non posso spiegarvi la contentezza ch'io provo.

LIN. (*come sopra*) Eccoci un'altra volta riuniti insieme.

ZEL. (*come sopra*) E senz'alcuno che ci perseguiti.

LIN. (*va crescendo l'allegrezza*) Fabrizio non ci farà più paura.

ZEL. (*più allegra*) Don Flaminio non mi tormenterà più.

LIN. (*ridendo*) E Donna Eleonora?

ZEL. (*ridendo*) Oh sono sì contenta di non vederla più!

LIN. Staremo bene.

ZEL. Lo spero anch'io.

LIN. Mi pare la padrona una buona giovane.

ZEL. Sì, mi pare di buona pasta.

LIN. (*ridendo*) Crede che non ci conosciamo nemmeno.

ZEL. (*ridendo*) È la più bella cosa del mondo.

LIN. (*la prende per le due mani*) Cara la mia Zelinda!

ZEL. Il mio caro Lindoro! Mi giubila il cuor in petto.

BAR. (*viene, li sorprende nel loro giubilo, e si ferma un poco indietro osservando*)

ZEL. Che piacere! (*a Lindoro, non vedendo Barbara*)

LIN. Che consolazione! (*a Zelinda, non vedendo Barbara*)

BAR. Da che nasce il vostro piacere, la vostra consolazione? (*avanzandosi con qualche sorpresa*)

ZEL. (Povera me!) (*resta mortificata*)

LIN. Signora... non crediate già... Vi dirò, mi domandava questa giovane se io era contento di voi. Io le diceva che sono poche ore che ho l'onor di servirvi, ma che sperava di aver trovato la miglior padrona del mondo.

ZEL. (*a Barbara*) Questa è una gran consolazione per me.

LIN. (*a Barbara*) Questo è il maggior piacere che può aver chi serve.

BAR. Va benissimo, e credo non sarete malcontenti di me, ma vi avverto che in casa mia si vive onestamente e non permetterò certe confidenze...

ZEL. Nè io le amo sicuramente.

LIN. Scusatemi, se per un trasporto di gioja...

BAR. Basta così. Se sapete il vostro dovere, tanto meglio per voi. (Non voglio esser rigorosa, ma vedrò, se potrò fidarmi.) Quella giovane, come vi chiamate?

ZEL. Zelinda, per obbedirvi.

BAR. (*le fa vedere la cuffia, cioè il pizzo*) Ecco qui, Zelinda, la cuffia di cui vi ho parlato. Vedete come un piccolo cane l'ha lacerata. Ditemi se è possibile d'accomodarla.

ZEL. Qui e qui si può accomodare; ma qui ve ne manca un pezzo.

BAR. Aspettate. Credo di averne, ma non so se sarà bastante. Lo cercherò, e ve lo porterò a far vedere. (*parte*)

## SCENA XV

### Lindoro, Zelinda, poi Barbara

ZEL. Siate più cauto, quasi più ci siamo scoperti.

LIN. È vero, quest'esempio mi servirà di regola in avvenire.

ZEL. (*guardando se è osservata*) Ditemi, ove avete messo il baule?

LIN. (*rattristandosi*) Il baule?

ZEL. Sì, se resto qui ne avrò di bisogno.

LIN. (*guardando se è osservato*) Ah Zelinda mia!

ZEL. (*guardando anch'essa*) Cosa è stato?

LIN. (*con afflizione*) Il baule...

ZEL. Ohimè! cosa è divenuto?

LIN. Il padrone...

ZEL. (*affannata*) Qual padrone?

LIN. Il signor Don Roberto...

ZEL. Ebbene.

LIN. L'ha veduto per via, l'ha riconosciuto, ed ha obbligato il facchino...

ZEL. (*affannata*) A che fare?

LIN. A riportarlo da lui.

ZEL. (*agitata*) Ah meschina di me! la mia roba. Tutto quello che ho al mondo, che mi ho guadagnato con tanti stenti. Perchè? Con qual autorità?

LIN. Non vi affliggete, mia cara.

ZEL. Come? che non mi affligga? Volete voi che io perda la roba mia? o che vada a ridomandarla per avere dei dispiaceri? Oh questa cosa non me la sarei aspettata.

LIN. Maledetto Don Flaminio, è stato egli la causa.

ZEL. No la vostra poca attenzione.

LIN. Ma perchè mi mortificate?

ZEL. Sono io la mortificata. Sono io che ne risento il danno, il dispiacere, il dispetto. (*piange di rabbia*)

LIN. La rabbia mi divora, maladetto il destino. (*Si agita e batte i piedi*)

BAR. (*Li sorprende in quest'atto, e si ferma un poco*)

ZEL. (*da sè, piangendo*) (Che farò ora senz'aver da mutarmi?)

LIN. (*batte i piedi, come sopra*) (Tutte le disgrazie si affollano per tormentarmi!)

BAR. Come! Che stravaganza è questa? (*li due restano mortificati*) Poc'anzi eravate ridenti, giubilanti, ed ora Zelinda piange, e Lindoro batte i piedi, e s'adira?

LIN. Scusatemi... (Non so che dire.)

BAR. (*a Zelinda*) Che avete voi che piangete?

ZEL. Signora... parlava con questo giovane di una padrona che ho avuto l'onor di servire. La poverina è morta, e quando me ne rammento, non posso trattenere le lagrime. (*piange un poco*)

BAR. (*a Lindoro*) Lodo il vostro buon cuore. Ma voi qual soggetto avete di smaniare in tal modo?

LIN. Vi dirò... Zelinda mi ha raccontato la malattia della sua padrona. Era una cosa di niente, e il medico... Sì, assolutamente il medico l'ha ammazzata. Sono così arrabbiato contro i cattivi medici, che vorrei esser medico per ammazzarli.

BAR. Non vorrei che le vostre lacrime e le vostre collere nascondessero qualche mistero.

ZEL. Signora, scusatemi, qual mistero ci può essere fra due persone che per la prima volta si vedono?

LIN. In verità, signora, voi mi mortificate.

BAR. (Se è vero il mio sospetto, me ne chiarirò facilmente.) (*fa vedere a Zelinda un pezzo di merletto*) Ecco il pezzo che ho ritrovato. Vediamo se può esser bastante.

ZEL. Mi par di sì, signora; ma per assicurarmi, permettete che io lo esamini un poco meglio.

BAR. Fate così. Ritiratevi in quella stanza, e là potrete osservarlo a vostro bell'agio.

ZEL. Farò tutto quello che comandate. (*in atto di partire*) Ah la mia povera roba! Non mi poteva arrivare maggior disgrazia. (*entra in una camera laterale*)

BAR. (*verso Lindoro*) Non so se le finestre di quella camera siano aperte, o serrate.

LIN. (*in atto di andare*) Volete che io vada a vedere?

BAR. No, no, andatemi a fare una tazza di cioccolato, e quando è fatto, portatelo.

LIN. Sì, signora. (*guardando dov'è Zelinda*) (Poverina! vorrei vedere di consolarla.) (*parte*)

## SCENA XVI

### Barbara, *poi* Don Flaminio

BAR. Veramente tener in casa due giovani di questa sorte è una cosa un poco pericolosa. Bisognerà che mi disfaccia d'uno di loro. Ma tutti due mi paiono sì proprj e civili... Se potessi assicurarmi della loro buona condotta... Parmi di sentir qualcheduno. (*verso la scena*) Chi è di là?

FLA. Scusate, signora: non ho trovato nessuno in sala.

BAR. Serva umilissima. La porta adunque era aperta?

FLA. Sì, certamente.

BAR. Che cosa ha ella da comandarmi?

FLA. Signora, io ho avuto l'onore di vedervi più d'una volta a qualche accademia.

BAR. Sì certo, mi sovviene benissimo di aver avuto questa fortuna.

FLA. Sono ammiratore del vostro merito e della vostra virtù.

BAR. Ella mi onora per effetto di gentilezza.

FLA. E mi son presa la libertà di venirvi ad assicurare della mia stima e del mio rispetto.

BAR. Sono sensibile alla di lei bontà. Favorisca d'accomodarsi.

FLA. Voi siete ben alloggiata.

BAR. Signore, non è una gran casa, ma per me è bastante.

FLA. Voi siete Torinese, non è egli vero?

BAR. Sì, signore, per obbedirla.

FLA. E mi fu detto che la vostra famiglia...

BAR. Di grazia, vi supplico non mi parlate della mia famiglia. Vorrei potermene dimenticar affatto, se non fossi obbligata a pensar sovente a mio padre.

47

FLA. In fatti è dura cosa il doversi adattar ad uno stato che non conviene alla propria nascita. Ma il decoro e l'onestà con cui solete condurvi...

BAR. Oh in questo poi non tradirò l'esser mio.

FLA. Voi meritate miglior fortuna.

BAR. Io non merito niente, ma vi assicuro che non ne son contenta.

FLA. Se mai potess'io contribuire a vostri vantaggi, vi assicuro che lo farei col maggior piacere del mondo.

BAR. Sono obbligata alla vostra cortese disposizione.

FLA. Davvero, sull'onor mio. Conosco il vostro merito, e vorrei potervi dare qualche prova della mia stima.

BAR. (*da sè*) (Le solite esibizioni che non conchiudono niente.)

FLA. (*da sè*) (Vorrei assicurarmi se vi è Lindoro, e non so come fare.)

BAR. Signore, la supplico dirmi con chi ho l'onor di parlare.

FLA. Don Flaminio del Cedro, vostro buon servitore.

BAR. Ah sì, ora mi sovviene. Mi consolo di conoscere particolarmente un cavaliere di merito e di qualità.

FLA. Consideratemi come vostro amico, disposto a tutto quello che vi può far piacere.

BAR. (*da sè*) (Eh se dicesse davvero! ma non me ne fido.)

FLA. Ditemi, signora Barbara, siete sola? non avete nessuno con voi?

BAR. Non ho che un servitore, e una cameriera.

FLA. A proposito: mi era stato detto che avevate licenziato il vostro cameriere.

BAR. È verissimo, ma ne ho preso un altro..

FLA. So che ve n'era uno che aspirava a venir da voi... Come si chiama quello che avete preso?

BAR. Lindoro.

FLA. Non è quello che io diceva. (*da sè*) (Anzi è quello che io cercava.)

BAR. Non mi pare cattivo giovane.

FLA. E come passate il vostro tempo, signora?

BAR. Un poco leggere, un poco cantare...

FLA. Sarebbe troppo ardire pregarvi di una qualche picciola arietta?

BAR. Vi servirò col maggior piacere del mondo.

FLA. Siete amabile, siete gentile.

BAR. Faccio il mio debito con chi mi onora. (*si alza, e va a sedere alla spinetta*)

FLA. (*da sè*) (Se non vedrò oggi Lindoro, lo vedrò un altro giorno; anzi lo vorrei vedere in presenza della sua padrona.)

BAR. Ecco qui una nuova raccolta di arie che mi sono state mandate. Ve ne sono delle buone, e delle cattive.

FLA. Voi le renderete tutte perfette.

BAR. Oh, non ho tanta abilità. (*va cercando un'aria per cantare*)


## SCENA XVII


**Zelinda** *col pizzo in mano, e detti*


ZEL. Le farò veder quel che ho fatto... Oh cieli! chi vedo mai. (*vede Don Flaminio, e subito si ritira*)

FLA. (*da sè*) (Qui Zelinda! Qual fortuna! Qual avventura!)

BAR. (*a Don Flaminio guardando sulle carte di musica*) Ecco: questa non mi pare cattiva.

ZEL. (*da sè*) (Non so se io parta, o se io resti.)

BAR. (*come sopra*) È un mezzo cantabile assai gentile.

FLA. (*da sè*) (Bisogna profittare dell'occasione. Se Zelinda ha giudizio, non si scoprirà.)

BAR. Ma, signore, che vuol dire che mi parete agitato, e non mi abbadate nemmeno.

FLA. Niente niente. Favorite, che vi sentirò con piacere.

BAR. Ma voi guardate piuttosto da quella parte.

FLA. Vi dirò. Ho veduto sortire da quella camera una giovane con de' merletti alla mano, e quando mi ha veduto, è fuggita. Mi parve strana una tal ritirata. Io non sono qui per importunare nessuno.

BAR. Signore, è una cameriera che è venuta poco fa ad esibirsi. Le ho dato per prova da accomodare certi merletti... Zelinda. (*la chiama*)

ZEL. Signora. (*esce un poco timorosa*)

BAR. Volevate voi qualche cosa?

ZEL. Voleva farvi vedere, come ho trovato il modo di accomodare... (*timorosa*)

BAR. Avanzatevi. Che cos'avete? di che tremate?

ZEL. Vedo un signore, che io non sapeva che ci fosse... (*timorosa*)

BAR. E per questo vi mettete in tanta apprensione? Non siete avvezza a vedere degli uomini?

ZEL. Sì, signora, ma il mio rispetto... (Povera me! qual incontro! sono perduta.)

BAR. Via, via, il rispetto va bene; ma la rustichezza non è degna del vostro spirito. Avanzatevi, lasciatemi veder quel che avete fatto.

FLA. Venite venite, non abbiate soggezione di me. (*a Zelinda, le passa dietro, e le dice piano*) (Non temete, vi prometto che non vi scoprirò.)

ZEL. (*prende coraggio, e parla con brio*) Ecco qui, signora, da questa parte l'ho accomodato in maniera che non si conosce, e da quell'altra ho principiato ad incassare il pezzo che mi avete dato.

BAR. Va benissimo. Sono contenta. Vedo che lo sapete fare perfettamente.

FLA. Mi par bellissimo cotesto pizzo.

BAR. È un punto d'Inghilterra che ha qualche merito.

FLA. Con permissione. (*si accosta a Zelinda per vedere il pizzo, e le tocca le mani*)

ZEL. Che sfacciato! (*ritira le mani con dispetto*)

BAR. (*a Zelinda*) Ma perchè queste male grazie?

ZEL. Oh io sono delicata, signora.

BAR. (Io dubito vi sia dell'affettazione.)

FLA. E così, signora Barbara, se volete onorarmi di farmi sentire un'*arietta*...

BAR. (*a Don Flaminio*) Subito vi servo. (*a Zelinda*) Procurate che incassando da questa parte s'incontrino questi rami.

ZEL. Sicuramente.

**Lindoro** *colla sottocoppa con una tazza di cioccolato, e detti.*

LIN. Ecco il cioccolato... Ohimè! (*vede Don Flaminio, e tremando lascia cader tutto in terra*)

BAR. (*a Lindoro*) Cosa avete fatto?

LIN. Scusatemi... (*timoroso*)

BAR. Via, via, non è niente.

LIN. Ne andrò a sbattere un'altra tazza...

BAR. No, no, l'ora è avanzata, non serve più.

LIN. (*da sè*) (Il diavolo lo ha qui portato.)

ZEL. (*da sè*) (È un prodigio se non si scopre ogni cosa.)

FLA. (*a Barbara*) È questi il giovane che avete preso per cameriere?

BAR. Sì, signore

FLA. Mi pare un giovane di garbo.

BAR. Lo conoscete?

FLA. Non l'ho mai veduto.

LIN. (*da sè*) (Manco male, respiro un poco.)

FLA. Voi meritate d'esser ben servita, e vedo che avete scelto assai bene. Specialmente l'abilità di questa giovane è singolare. Non si possono meglio accomodare i merletti. Permettetemi che io vegga quell'incassatura. (*col pretesto le tocca le mani*)

ZEL. (*piano a Don Flaminio*) (Ma signore...)

FLA. (*piano a Zelinda*) (Tacete, o vi scoprirò.)

ZEL. (*da sè*) (Povera me! in qual imbarazzo mi trovo!)

LIN. (*da sè*) (E ho da soffrire che Don Flaminio usi a Zelinda delle confidenze?)

BAR. Zelinda, mi pare che la vostra delicatezza...

ZEL. (*a Barbara*) In verità, signora, se non fosse per voi...

BAR. Per me dico che il signor Don Flaminio abusa un poco troppo della convenienza.

FLA. Vi domando perdono...

LIN. (*a Don Flaminio, riscaldandosi un poco*) Veramente nelle case onorate...

FLA. (*a Lindoro*) A voi non conviene parlare.

LIN. (*da sè*) (Ha ragione; ma non lo posso soffrire.)


## SCENA XIX


**Fabrizio** *e detti.*


ZEL. Con permissione. (*Zelinda, Lindoro e Don Flaminio si turbano alla vista di Fabrizio*)

BAR. Che maniera è questa d'entrare?

FAB. Domando perdono. Ho trovata la porta aperta.

ZEL. (Povera me!).

LIN. (Siamo precipitati).

FLA. (Con qual intenzione sarà venuto costui?)

FAB. (Zelinda! Lindoro! Il padrone! a me, a me. Sono capitato in buon punto.)

BAR. (*a Fabrizio*) Ebbene, chi siete? chi domandate? cosa volete?

FAB. (*a Barbara, accennando Don Flaminio*) Scusatemi, sono venuto qui per il mio padrone.

BAR. (*a Don Flaminio*) È il vostro servitore?

FLA. (*a Fabrizio*) Sì, signora: che cosa vuoi?

FAB. Signore, vostro padre vi cerca e vi domanda. Ha saputo che siete qui, ha saputo che correte dietro a Zelinda, che volete amarla e seguirla a dispetto suo, e vi fa sapere per bocca mia...

BAR. Come, signore, venite in casa mia col pretesto di far a me una finezza, e vi servite della mia buona fede per soddisfare la vostra indegna passione? Vergognatevi di un tal procedere, indegno d'un Cavaliere d'onore, e contentatevi di ritirarvi...

FLA. Avete ragione. Vi domando mille perdoni. Parto pien di rossore e di confusione; (*a Fabrizio*) ma tu, scellerato, tu me la pagherai. (*parte*)

## SCENA XX

*I suddetti, fuori di* **Don Flaminio**

FAB. Io faccio il mio dovere, e nè più nè meno...

BAR. (*a Zelinda*) E voi colla vostra delicatezza...

ZEL. Signora, vi giuro che io non ne ho colpa.

FAB. Anche a voi, Zelinda, deggio dir qualche cosa da parte del padrone. Egli vi fa sapere che sarà sempre lo stesso per voi, che vi riceverà nuovamente in casa, anche a dispetto di sua consorte, ma col patto che abbandoniate Lindoro, essendo una vergogna che una giovane come voi voglia precipitarsi per uno che, se vi sposerà, non vi potrà mantenere. Ho eseguita la mia commissione. (*li due restano mortificati*) Servitor umilissimo di lor signori. (*parte*)

BAR. (*a Zelinda e Lindoro*) Oh cieli! posso sentir di peggio? Indegni! escite subito di casa mia.

ZEL. Signora, per carità...

BAR. Andate, che non meritate pietà.

LIN. Un amore innocente...

BAR. Che amore innocente? Chiamate voi innocenza le imposture, la menzogna, la falsità?

ZEL. Ah, se sapeste le circostanze delle nostre disavventure...

BAR. Mi maraviglio di voi: con chi credevate di aver che fare? L'esser io d'una professione ch'esercito per mia disgrazia, vi faceva forse sperare di trovarmi indulgente alla vostra passione? No, il teatro non guasta il cuore a chi lo ha fortificato dalla prudenza e dall'onestà. Pensaste male, vi regolaste assai peggio. Partite subito, che non voglio più tollerarvi.

ZEL. Oh Dio! pazienza l'andarmene. Il cielo mi provvederà. Ma l'essere da voi scacciata con questa macchia al decoro mio, è un tal dolore per me, è una sì fiera pena, che non avrò coraggio di tollerarla, che mi farà soccombere, che mi darà miseramente la morte.

LIN. Una povera giovine, nata bene, perseguitata dalla fortuna, fugge dai persecutori della sua onestà: si ricovera in casa vostra, in compagnia d'uno, è vero, ma di un uomo onorato e civile, che abbandona tutto per lei, che si riduce a servire unicamente per lei, e sarà il nostro amore colpevole a questo segno? e saremo tutti due vilipesi, scacciati, e sì barbaramente trattati? (*patetico*)

BAR. Non so che dire. Voi mi movete tutti due a compassione, ma non posso niente in vostro avvantaggio. Il decoro mio non vuole che io vi soffra in mia casa. Vi compatisco, vi compiango, ma vi prego d'andarvene, e di scusare la delicatezza del modo mio di trattare.

LIN. Sì, avete ragione, e partirò meno afflitto, se voi non vi mostrate sdegnata.

ZEL. La vostra compassione consola in parte il mio rammarico, la mia pena.

LIN. Addio, signora, vi domando perdono.

ZEL. Scusatemi per carità. (*piangendo*)

BAR. Andate, che il cielo vi consoli e vi benedica. (*piangendo*)

ZEL. Povera sfortunata! (*piangendo*) ( *parte*)

LIN. Quando mai si cangierà la mia sorte? (*afflitto*) (*parte*)

BAR. Chi può trattenersi di piangere a fronte di due poveri afflitti? Chi è sventurato, sente meglio le sventure degli altri. Sì, essi sono degni di compassione. Chi merita d'essere rimproverato è Don Flaminio. Egli si è abusato della mia buona fede. Mi ha trattato in una maniera indegna di lui, indegna di me. Ah, ciò sempre più mi convince della poca stima in cui sono in faccia del mondo, dell'oltraggio che io faccio a me stessa e alla mia famiglia esponendomi sola agli insulti, ai disprezzi, alla derisione. Ah sì, ho meditato più volte di ritirarmi: quest'incontro mi fa risolvere in sul momento. Vo' abbandonare la professione, vo' ritornare nel mio paese: viver povera, ma quieta. Mendicar il pane, se occorre, ma non espormi ad arrossire tutto il giorno, ed a bagnar colle lagrime il poco danaro che si ricava da un mestiere difficile e pericoloso.

FINE DELL'ATTO SECONDO

# ATTO TERZO

## SCENA PRIMA

Strada con veduta del fiume Ticino, alberi, e case, e varie barche sul fiume. Da una parte, vicino al fiume, un Corpo di Guardia con soldati e una sentinella.

**Zelinda**, **Lindoro**, *tutti due melanconici, senza parlare, si guardano e sospirano.*

LIN. Povera la mia Zelinda!

ZEL. Ah Lindoro, cosa sarà di noi?

LIN. Il cielo ci provvederà.

ZEL. Eccoci qui, senza ricovero, e senz'appoggio.

LIN. E senza il modo di sostenerci.

ZEL. Se potessi ricuperar la mia roba! Nel mio baule vi è del danaro.

LIN. Quanto danaro avrete, Zelinda?

ZEL. Poco meno di cento scudi.

LIN. Oh cieli! quanto ci profitterebbero presentemente!

ZEL. Se andassi io stessa, credete voi che il signor Don Roberto mi negherebbe la roba mia?

LIN. Ah Zelinda, se voi ci andate, io non vi rivedo mai più.

ZEL. Ma perchè? Non son io padrona della mia libertà?

LIN. No, non sarete padrona di voi medesima. Il signor Don Roberto che vi ama, e crede che io possa fare la vostra rovina, può ricorrere alla giustizia, dir che siete una figliuola civile, che volete precipitarvi, e farvi chiudere in un ritiro, e far in modo che io non vi possa mai più rivedere.

ZEL. Oh Dio! io rinchiusa? Sarebbe mai possibile che Don Roberto pensasse sì crudelmente? No, non lo credo, non ne son persuasa.

LIN. E se vi tenesse in casa con lui, come potrei io vivere, pensando che siete unita co' miei rivali, co' miei nemici? Ah morrei disperato!

ZEL. No, caro il mio Lindoro, non vi vo' dar questa pena. Ma ho da perdere la mia roba?

LIN. Si troverà qualche mezzo per ricuperarla.

ZEL. Ma intanto?

LIN. Intanto... Oh cieli! non so che dire. Sono mortificato per conto vostro.

ZEL. Bisognerebbe procurare un alloggio.

LIN. Lo troveremo.

ZEL. Ma vivere insieme non è decente.

LIN. Lo conosco ancor io.

ZEL. E non abbiamo il modo di mantenerci.

LIN. Questo è quello che maggiormente mi affligge.

ZEL. Miseri noi!

LIN. Povera la mia Zelinda! (*restano tutti due pensosi*)


## SCENA II


Arriva un burchietto, da cui sbarca Don Federico in abito da viaggio con rodengotto e bastone. – Un marinaro mette in terra il baule, chiama un facchino, e viene lo stesso facchino che aveva portato il baule di Zelinda.


**Zelinda**, **Lindoro**, **Don Federico**, **Marinaro**, *poi* **Facchino**


MAR. Facchino. Ehi, vi è nessuno che porti?

FAC. Eccomi, eccomi, che cosa ci è da portare?

FED. Questo baule.

FAC. Dove si ha da portare?

FED. In strada Nova, dirimpetto all'Università, vicino ad uno speziale da medicine.

ZEL. (*piano a Lindoro*) Sentite? Pare che questo forastiere vada precisamente alla casa di Don Roberto.

LIN. (*piano a Zelinda*) Potrebb'essere Don Federico, tanto aspettato da Donna Eleonora.

FAC. (*Vuol prendere il baule poi si ferma*) Signore, vi sarebbe pericolo che con questo baule mi succedesse qualche altro imbroglio?

FED. Perchè? qual imbroglio può succedere? Vengo di viaggio, quella è la roba mia.

FAC. Scusatemi, ma questa mattina per un baule preso, e portato e riportato nel medesimo luogo, ho avuto un imbarazzo del diavolo.

FED. E in casa di chi l'avete portato?

FAC. Di certo signor Don Roberto...

FED. Sì, è mio vicino. Lo conoscete?

FAC. Lo conosco certo.

FED. E che fa la signora Donna Eleonora?

FAC. Oh questa poi non la conosco per niente.

FED. Sua moglie; non la conoscete?

FAC. Non signore; ma se volete averne notizia, ecco lì vedete quelle due persone? Credo siano di casa, ed esse ve lo diranno.

FED. Voi altri siete di casa di Don Roberto? (*a Zelinda e Lindoro*)

LIN. Sì, signore, siamo stati al di lui servigio, ma ora non ci siamo più.

FAC. Signore, io non ho tempo da perdere. Se volete che io porti il baule...

FED. (Son curioso di saper qualche cosa.) (*al Facchino*) Vi ho detto la casa mia. Tenete il mio nome. Consegnate il baule al mio fattore, se ci è, e se non ci è, aspettatemi.

FAC. Oggi è la giornata dei bauli, e dell'aspettare. (*parte*)

FED. (*a Lindoro*) Voi dunque eravate in casa di Don Roberto?

LIN. Sì signore.

FED. In qual figura?

LIN. Di segretario.

FED. (*a Zelinda*) E questa giovine?

ZEL. Di cameriera di Donna Eleonora.

FED. Come si porta Donna Eleonora?

ZEL. Benissimo.

LIN. Scusatemi, signore, sarete voi per avventura il signor Don Federico?

FED. Appunto, come mi conoscete?

LIN. Oh la signora Donna Eleonora vi ha nominato più volte; ella era impaziente di rivedervi.

FED. Povera signora! Ha sempre avuta della bontà per me. Ma per qual ragione siete usciti della casa di Don Roberto?

LIN. Vi racconterò l'istoria, signore...

ZEL. Che serve andar per le lunghe? Vi è stata qualche picciola differenza; cosa di nulla. Ma noi non possiamo dolerci de' nostri padroni, nè essi ponno dolersi di noi.

LIN. Signore, siamo due sfortunati. Eccoci qui senza impiego, e senz'appoggio veruno.

FED. Se posso giovarvi, lo farò volentieri. Parlerò col signor Don Roberto, e se il motivo per cui siete sortiti di casa non è di gran conseguenza...

ZEL. Signore, poichè avete la bontà d'interessarvi per noi, mi basta che v'adopriate presso del mio padrone, perchè si contenti di farmi avere la mia roba.

FED. E per qual causa ve la trattiene? Gli dovete voi qualche cosa?

ZEL. No, signore, non gli devo niente.

LIN. Ma vorrebbe obbligarla a tornare in casa.

FED. (*a Zelinda*) Siete voi dunque che avete voluto sortire?

ZEL. La padrona mi ha licenziato.

FED. E per qual ragione?

LIN. (*con calore*) Perchè la signora Donna Eleonora...

ZEL. Ha creduto bene di licenziarmi. Mi avrò demeritato la sua protezione. La servitù non si sposa, e non mi lamento di lei.

FED. (In verità questa giovine ha degli ottimi sentimenti.) (*alli due*) Sarete, m'immagino, marito e moglie?

LIN. Non signore.

FED. Siete fratello e sorella?

LIN. Nè meno.

FED. (*verso Zelinda*) Ma! due giovinotti insieme...

ZEL. Non abbiamo a rimproverarci dalla parte dell'onestà.

FED. Lo credo, ma non mi pare che vada bene...

LIN. È verissimo. Avete ragione. Ci vogliamo bene, desideriamo sposarci, e non abbiamo altra colpa che questa per meritare gl'insulti della fortuna.

FED. Non ci è altro che questo? E perchè il signor Don Roberto e la signora Donna Eleonora non danno anzi la mano ad un matrimonio conveniente eguale, onorato? Lasciate fare a me; voglio parlare a' vostri padroni, voglio persuaderli a quest'opera buona, voglio procurare di vedervi uniti e contenti.

LIN. (*con allegrezza*) Oh lo volesse il cielo!

ZEL. (*con allegrezza*) Il cielo vi ha mandato per noi.

## SCENA III

**Donna Eleonora** *in mantelletta con un servitore, e detti.*

ELE. Che vedo! Siete ritornato, signor Federico?

FED. Oh qual felice incontro! Sono ritornato in questo momento. (*Zelinda e Lindoro si turbano*)

ELE. Ho piacere di rivedervi. Siete qui in tempo, che ho gran bisogno di voi.

FED. Comandatemi. Ma che avete che mi parete agitata?

ELE. Sì, ho ragione di esserlo. Non posso reggere alle inquietudini che mi circondano. Sono sul punto di separarmi da mio marito.

FED. E perchè mai tal cosa, ma perchè mai?

ELE. (*accennando Zelinda*) Per causa di quell'indegna.

ZEL. Come, signora mia?

LIN. (*ad Eleonora*) Che modo di parlare è il vostro?

FED. (*ad Eleonora*) Dite, dite, parlate: qual soggetto avete da lamentarvi di lei?

ELE. Ella è amata da mio marito...

FED. Ora capisco. (*a Zelinda*) È possibile una tal cosa?

ZEL. Mi ama, è vero, ma con amore onesto, ma con amore paterno.

FED. Eh figliuola mia, non credo niente a quest'amorosa paternità.

LIN. E vorreste credere alle sue parole?...

FED. Sì, per tutte le ragioni sono obbligato a credere più a lei che a voi.

ZEL. Signore, non ci abbandonate per carità.

FED. Andate, andate. Ho perduta tutta la buona opinione ch'aveva di voi. Imputate tutto il male a voi stessa e regolate meglio la vostra condotta.

ZEL. Misera me! fra tante perdite mie ho da contar quella ancora del mio decoro? Signora, pensate bene alle conseguenze del discredito in cui mi mettete. Io raccomando al cielo la mia innocenza, e a lui rimetto gl'insulti e le ingiustizie che voi mi fate.

ELE. Questo è il linguaggio dei colpevoli e dei temerari.

LIN. Non signora: questo è il linguaggio delle persone onorate. E in mezzo alle nostre miserie ci resta tanto spirito e tanto coraggio per confidare nella verità, e riderci della calunnia e dell'impostura. (*parte con Zelinda*)


## SCENA IV


### Don Federico *e* Donna Eleonora


ELE. Sentite a quali impertinenze son io soggetta?

FED. Ma, cara Donna Eleonora, parlano con tale franchezza che mi pare ancora impossibile... Siete voi ben sicura che Don Roberto abbia delle cattive intenzioni e che quella giovane vi aderisca?

ELE. Ne son sicurissima.

FED. Ma se ella ama il giovane che ho qui veduto, come può nutrire per il padrone...

ELE. Non può ella amare il giovane per inclinazione ed il vecchio per interesse? Ma voi non siete più per me quel vero leale amico che mi foste per lo passato.

FED. Signora, sono sempre il medesimo, ed ho per voi la medesima stima; ma sono un uomo d'onore, e non ho animo per compiacervi di fomentare la disunione di un matrimonio.

ELE. Oh, per questa parte ho deciso. Voglio ritornare in casa co' miei parenti. Non voglio più vivere con mio marito.

FED. Riflettete che questo è l'estremo dei disordini d'una famiglia; che è l'ultimo eccesso a cui possa arrivare una moglie; che farete ridere il mondo, e che vi pentirete d'averlo fatto.

ELE. Sono risolutissima, e vi potete risparmiare l'inutile fatica di dissuadermi.

FED. Ma che dice il signor Don Roberto? Sa egli la vostra risoluzione?

ELE. Sì, certo, gliel'ho detta e ridetta.

FED. E come l'ha ricevuta?

ELE. Ha fatto di tutto per acquietarmi. Mi ha pregata, mi ha fatto pregare, ma inutilmente.

FED. (Ecco il male che ha fatto Don Roberto. Se non l'avesse pregata, si sarebbe da sè pentita).

ELE. Non voglio più vivere con un uomo che vuol favorire una serva a dispetto mio.

FED. Ma io vorrei pur vedere di accomodarvi...

ELE. Non sarà possibile...

FED. Con decoro vostro...

ELE. È inutile che me ne parliate.

FED. Quando è così, non so che dire, fate tutto quel che vi aggrada.

ELE. Oh sì, lo farò certamente.


### SCENA V


**Fabrizio** *e detti.*


FAB. Oh signora, veniva appunto in traccia di lei.

ELE. E dove mi andavate voi ricercando?

FAB. Alla di lei casa paterna. Ho piacere d'averla qui ritrovata.

ELE. Vi manda forse il carissimo signor consorte?

FAB. Per l'appunto, è il padrone che manda da lei.

ELE. Che dice? Che pretende da me? Vuol persuadermi? Vuol obbligarmi a ritornare in casa? Vuol promettermi delle cose grandi? Vuol lusingarmi? Vuol ch'io creda alle sue promesse, al suo pentimento? Via parlate, che cosa vuole da me?

FAB. Signora, nessuna di queste cose. Egli mi ha ordinato, credendo ch'io la trovassi in casa de' suoi parenti, egli mi ha ordinato dirle, ch'ella è padrona di starvi, e che domani le manderà la sua roba.

ELE. Che mi manderà la mia roba? (*mortificata*)

FED. (Bravo Don Roberto, questa è la maniera di mortificarla.)

ELE. (*a Don Federico, ironicamente*) Che dite voi della tranquillità del mio caro signor consorte?

FED. Egli non fa che secondare la vostra risoluzione.

ELE. È un manifesto dispregio che fa della mia persona.

FED. Dopo che vi ha pregato, e che vi ha fatto pregare...

ELE. Un marito che manca al suo dovere, non prega mai abbastanza una moglie offesa.

FED. Prima di tutto bisogna vedere s'egli ha mancato, e poi un marito è sempre marito.

FAB. (*a Donna Eleonora*) Dunque, senza ch'io l'incomodi d'avvantaggio, domani avrò l'onore di consegnarle la sua roba.

ELE. Lo so, lo so che nessuno mi può vedere. Tutta la servitù mi disprezza, perchè il padrone mi odia. Vorrebbero che io non ci fossi, per vivere a modo loro. Ma giuro al cielo! se ritorno in casa...

FAB. Per me, l'assicuro, signora mia...

FED. Amico, dite al vostro padrone ch'avrò io l'onore di vederlo fra poco. Signora Donna Eleonora, favorite di venire con me.

ELE. E dove pensate voi di condurmi?

FED. A casa mia, se vi contentate.

ELE. Se voleste mai condurmi da mio marito, avvertite che sieno salve le mie convenienze.

FED. (*sorridendo*) Sì, sì, andiamo. (*dà la mano a Eleonora e partono*)

## SCENA VI

**Fabrizio** *solo.*

Ci scommetto che ora, che il padrone dice davvero, è ella la prima a raccomandarsi. Le donne fanno dello strepito quando si vedono accarezzate. Ma ecco Zelinda e Lindoro. Vengono a questa volta. L'accidente è per me favorevole. Vo' tentar d'obbligarli con delle esibizioni, con delle finezze. Lo stato in cui s'attrovano li renderà, io spero, meno orgogliosi.

## SCENA VII

**Zelinda**, **Lindoro**, **Fabrizio** *in disparte.*

ZEL. Oh quest'ultimo insulto mi ha avvilita del tutto.

LIN. Finalmente la verità deve trionfare, e il mondo vi dovrà render giustizia.

ZEL. Eh, Lindoro mio, le macchie che si fanno all'onore si cancellano difficilmente. Vi protesto che non ho più faccia da comparire: andiamo via, andiamo lungi da questa città; qui non posso più tollerarmi.

LIN. Sì, andiamo altrove a cercar miglior destino. Vediamo se vi è occasione per imbarcarci.

ZEL. Ma la roba mia?

LIN. Vi sta sul cuore, vi compatisco.

ZEL. Mi costa tanti sudori, mi costa tante mortificazioni, e ho da perderla miseramente?

LIN. Andiamo a ricorrere alla Giustizia.

ZEL. A ricorrere? contro di chi? contro d'un padrone sì buono, che mi ha teneramente amata, e che m'è contrario soltanto perchè mi desidera fortunata?

LIN. I vostri riflessi sono assai ragionevoli. Ma che faremo noi qui, se non abbiamo un ricovero? Se tutto il mondo ci scaccia, c'insulta e ci perseguita?

ZEL. Sono in un mare di confusioni. (*restano pensosi*)

LIN. Non trovo la via di risolvermi ad alcun partito.

FAB. (*da sè in disparte, e si avanza*) (Ecco il tempo opportuno per abbordarli. La loro situazione mi è favorevole.)

LIN. Ma qualche cosa convien risolvere. (*si volta*) Che pretendete da noi? (*a Fabrizio*)

ZEL. (*a Fabrizio*) Non siete ancora sazio di perseguitarci?

FAB. Mi dispiace nell'anima d'aver contribuito all'ultima vostra disavventura. Ma, cari amici, vedete bene, io non ne ho colpa. Il padrone mi ha comandato...

ZEL. Eh dite che avete soddisfatto la vostra collera.

FAB. No, vi giuro onoratamente, non ho alcuna collera contro di voi, non ho alcuna idea che vi offenda. Vi compiango, vi compatisco, e se vi ho fatto innocentemente del male, spero di essere in caso di potervi far del bene.

LIN. Non è sì facile che io vi presti fede.

ZEL. E sarebbe per me una nuova disgrazia, se dovessi dipendere da' vostri soccorsi.

FAB. Io non voglio nè che mi crediate, nè che dipendiate da me. Ho parlato per voi con una persona di qualità, gli ho raccontato il caso vostro, e l'ho persuasa della vostra onestà. Questa persona non è sì sofistica come molti altri. Spero vi riceverà tutti due al suo servigio senz'alcuna difficoltà.

ZEL. No, no, vi ringrazio, non ne son persuasa.

LIN. Ma vediamo chi è la persona...

ZEL. Ora siamo scoperti, e non è da sperare che nessuno ci voglia uniti.

LIN. Perchè? Se si persuadono del nostro contegno...

ZEL. No, vi dico, non faremo niente.

LIN. (*con un poco di caldo*) Ma voi vi volete abbandonare alla disperazione.

ZEL. (*dolcemente*) Via, non v'inquietate. Provate se sia possibile, ed io son pronta a seguirvi.

FAB. (*da sè*) (Eh, a poco a poco si ridurranno.)

LIN. (*a Fabrizio*) Chi è questa persona? Si può sapere?

FAB. Ve la farò conoscer domani. (*verso Zelinda*) Ma intanto dove vi ricovrerete voi questa notte?

ZEL. Qualche ricovero non ci mancherà.

LIN. Per altro l'ora si avanza, e converrebbe pensarci.

FAB. Ho parlato ancora per questo. Vi è una mia parente, donna di tempo, conosciuta, onorata, che a mio riguardo vi riceve.

LIN. Come! Pretendereste che io conducessi Zelinda in una casa che vi appartiene per aver la libertà di vederla?...

ZEL. (*a Lindoro*) Vedete, se ci possiamo fidare di lui?

FAB. Ma voi prendete tutto in sinistra parte. V'insegnerò la casa di mia cugina. Non verrò nemmeno con voi, e vi prometto sull'onor mio, che fin che ci siete voi, non ci metterò piede. Non vi costerà niente, non ispenderete un quattrino, ed io non ci metterò piede.

LIN. Quando la cosa fosse così...

ZEL. (*a Lindoro*) No, no, non ci dobbiamo fidare.

LIN. (*a Zelinda*) No, dunque?

ZEL. No, vi dico, assolutamente no.

LIN. (*a Fabrizio*) Zelinda non vuole, e credo abbia ragione di non volerlo.

FAB. (*da sè*) (La giovane la sa più lunga di lui.)

LIN. È vero che lo stato nostro ci dovrebbe far prendere qualche partito. Ma Zelinda pensa bene, non ci conviene la vostra proposizione.

FAB. Non so che dire, fate quel che volete, ma io non ho cuore di vedervi nella necessità. Non volete passare da mia cugina? Avete paura che io manchi alla mia parola? Che io venga ad importunarvi? Ebbene, soffrite che in qualche modo io possa sollevarmi dal mio rimorso. Ricevete dalla mia amicizia questo lieve soccorso. Ecco in questa borsa quattro zecchini. (*tira fuori la borsa, e la fa vedere*) Accettateli senz'alcun obbligo di restituzione.

ZEL. Li accetterei per carità da ogn'altro; non li accetto da voi, perchè la vostra mano è sospetta.

FAB. Ebbene dunque, se ricusate un benefizio che vien da me, vi svelerò il mistero, e parlerò benchè abbia ordine di non parlare. Questi quattro zecchini vengono dalle mani di Don Roberto. Egli mi ha dato ordine di darveli segretamente. (*tiene la borsa in atto di presentarla a Zelinda*)

ZEL. Sì ora li prendo. (*prende la borsa con violenza*) Il signor Don Roberto ha tanto del mio nelle mani, che può mandarmi un sì piccolo sovvenimento; e quando anche non avesse del mio, la sua bontà, la sua onestà, non mi metterebbero in pena per ricever un benefizio dalle sue mani.

LIN. (*a Fabrizio*) Ha ragione, ed ha fatto bene a riceverli.

FAB. (*da sè*) (Tento tutte le vie per guadagnare un poco di confidenza.)

ZEL. E aveste l'ardire d'offrirmi questo danaro, come un effetto della vostra liberalità?

FAB. Finalmente non è poi sì gran cosa di fare per conto mio...

ZEL. No, non siete capace d'un'azion generosa.

FAB. Voi mi trattate male fuor di proposito.

ZEL. Un'anima bassa che ha avuto cuore di esporci al rossore ed alla miseria, non può concepire nè pietà, nè rimorso.

LIN. Mi pareva impossibile che foste capace d'una buona azione.

FAB. Voi mi offendete e per confondervi, vi dico, e vi sosterrò che il signor Don Roberto non ne sa niente, e che sono io che vi ho regalato i quattro zecchini.

ZEL. Quando è così, tenete la vostra borsa. (*getta la borsa a' piedi di Fabrizio*)

LIN. (*da sè*) (Zelinda ha parlato troppo.)

FAB. (*a Zelinda*) La vostra superbia, la vostra ingratitudine, vi ridurrà all'estrema miseria.

ZEL. No, grazie al cielo, non sono nè superba, nè ingrata. Ma vi conosco, so il motivo che vi anima e che vi sprona, e mi vergognerei di ricevere alcun soccorso da un uomo, col dubbio ch'egli potesse formare qualche disegno sopra di me.

FAB. Ma io non ho disegno veruno.

ZEL. Basta così, non m'inquietate, vi supplico, d'avvantaggio.

FAB. Restate dunque nella vostra miseria. Nutritevi di sì bell'eroismo, ed aspettate che un'altra mano vi porti que' soccorsi che non meritate. Per me mi fate più ira che compassione. Non ho mai più veduto persone di tal carattere, indocile, orgoglioso, ostinato. Vi pentirete, e vi ricorderete di me. (*fa per partire, e lascia la borsa*)

ZEL. Non mi pentirò mai d'aver deluso l'inganno.

LIN. Ha lasciato la borsa... (*vuol prenderla, torna Fabrizio e la lascia*)

FAB. Questo danaro servirà a miglior uso. (*prende la borsa*) Voi non lo meritate, ed io ve l'offriva senza ragione. (*parte*)


# SCENA VIII


### Zelinda *e* Lindoro


ZEL. (*a Lindoro*) Con quale intenzione volevate voi raccogliere quella borsa?

LIN. (*mortificato*) Il danno che colui ci ha recato non merita forse un qualche risarcimento?

ZEL. Ah! Lindoro, Lindoro, pur troppo è vero. La miseria talvolta fa commettere delle bassezze.

LIN. Sì, è vero; ma non è per me che io cerchi i sovvenimenti. Siete voi che mi fate pietà.

ZEL. Oh cieli! cosa sarà di noi? Se la fortuna continua a perseguitarci, a quali pericoli andremo incontro? Credetemi, quest'esempio mi fa tremare: il bisogno ci può lusingare; e come fidarci della buona intenzione di chi benefica senza conoscerne il fondo?

LIN. È vero, Zelinda, è verissimo. Ma facciamo così. Mi viene ora un pensiero. Credo che il cielo me lo suggerisca. Andiamo a Genova, andiamo a presentarci a mio padre. Possibile ch'egli mi scacci villanamente, ch'egli non si mova a pietà?

ZEL. Questo è un passo che si potrebbe tentare, ma come intraprendere il viaggio? Sono novanta miglia, si dee passar la Bocchetta, vi sono delle altre montagne incomode. A piedi, io non ho coraggio di farle, e per calesse ci manca il modo.

LIN. Poveri noi! il nostro male non ha rimedio.

ZEL. Ve ne sarebbe uno, un solo ve ne sarebbe per noi.

LIN. E quale, mia cara Zelinda?

ZEL. Eccolo qui, ascoltatemi. Non vi è altro caso, non vi è altra speranza per noi, se non che io vada a gettarmi nelle braccia del signor Don Roberto. Sapete l'amore, la bontà che ha per me, e siete sicuro ch'egli pensa da uomo onesto, e colla più rigorosa delicatezza. Don Flaminio e Fabrizio sono scoperti, li temo meno, ed il padrone saprà assicurarmi dalle loro molestie. La padrona, o non è più in casa, o se vi torna, sarà probabilmente con delle condizioni che la renderanno meno orgogliosa. Tutta la difficoltà è per voi. Non posso lusingarmi che il signor Don Roberto vi riceva in casa con me, ma posso bene colla roba mia, col mio danaro e co' miei profitti, soccorrervi fin che ne avete bisogno, finchè sappiate le ultime risoluzioni di vostro padre, o che troviate un onesto impiego in Pavia. Saprò almeno che siete qui, vi vedrò qualche volta, mi può riuscir di persuader il padrone in vostro favore. S'ei venisse a morire, che il cielo non lo voglia, mi ha promesso beneficarmi. (*con tenerezza*) Così, il mio caro, il mio adorato Lindoro, soccorriamo decentemente la nostra miseria, metto in sicuro il mio decoro e la mia onestà. Vi amerò sempre colla sola pena di non vedervi, e colla dolce speranza che possiamo essere un dì contenti.

LIN. (*piange, e non risponde*)

ZEL. Anima mia, che dite? Oh Dio! piangete? Non rispondete.

LIN. Che volete che io dica? Avete ragione; andate, che il ciel vi benedica.

ZEL. Ah no, se ciò vi fa tanta pena, non anderò, resterò con voi.

LIN. E a far che? Poverina! a penare? a patire? Ah no, andate, ne son contento, ma non m'impedite almeno di piangere il mio destino.

ZEL. Ma io non ho cuor di lasciarvi in uno stato sì doloroso.

LIN. No, cara, non vi affliggete, non vi arrestate per me. So che mi amate, e ciò mi basta per consolarmi. (*procura di rasserenarsi*)

ZEL. Andrò dunque... (*parte*)

## SCENA IX

**Lindoro**, *poi* **Zelinda**

LIN. Misero me! non so in che mondo mi sia. Come mai potrò vivere da lei lontano? Numi, assistetemi per pietà. (*s'appoggia ad una scena per afflizione*)

ZEL. (*affannata*) Ah Lindoro, Lindoro.

LIN. (*con forza*) Che ci è, mia vita? Siete voi cangiata di sentimento?

ZEL. Ho veduto Don Flaminio da quella parte, mi ha scoperta. Tremo, pavento, vorrei nascondermi, e non so dove.

LIN. Là, là, non temete.

ZEL. Là, nel Corpo di guardia?

LIN. No, diavolo, fra i soldati; colà fra quegli alberi dietro di quella catasta di legna. Se ardirà seguirvi avrà che far con me.

ZEL. Non vi esponete, per amor del cielo...

LIN. Non temete di nulla; eccolo, eccolo, andate.

ZEL. Quando mai finirò di tremare? (*parte*)

## SCENA X

**Lindoro**, *poi* **Don Flaminio**

LIN. Ecco la ragione de' miei timori.

FLA. (*correndo dietro a Zelinda*) Crede ella che non mi dia l'animo di arrivarla?

LIN. Dove andate, signore?

FLA. Voi in disposizione d'impedirmi il passo?

LIN. Sì, signore. Io qui, disposto di tutto perdere, piuttostochè abbandonarvi Zelinda.

FLA. Presuntuoso che siete! Io mi rido di voi, e la raggiungerò vostro malgrado. (*si avanza*)

LIN. (*mette mano alla spada*) Giuro al cielo! voi passerete per questa spada.

FLA. (*mette mano per difendersi*) Temerario! in faccia al Corpo di Guardia?


## SCENA XI


**Caporale** *con sei soldati.*


CAP. Alto, alto. Cosa è quest'impertinenza?

FLA. Io non fo che difendermi dagl'insulti d'un forsennato.

CAP. Lo so benissimo. (*a Lindoro*) E voi, sugli occhi medesimi della sentinella?...

LIN. Ah signore, scusate l'amore, il timore, la disperazione.

CAP. Rendete la spada.

LIN. (*dà la spada ad un soldato*) Eccola.

CAP. (*ai soldati*) Conduciamolo alla gran Guardia.

LIN. Numi, vi raccomando la mia Zelinda. (*parte scortato dai soldati e dal caporale*)


## SCENA XII


Don Flaminio, *poi* **Zelinda**


FLA. Suo danno, non m'impedirà più di rintracciare Zelinda... Ma eccola a questa volta.

ZEL. Ah barbaro! sarete ora contento? Il povero mio Lindoro è arrestato. Ma che credete perciò? di avermi in vostra balìa? V'ingannate. Morirò piuttosto che soffrire la vista di un oggetto che io abborrisco, che io odio. Non vi lusingate di trionfare di me, e non isperate d'andar esente da quella pena che meritate. Sì, donna qual mi vedete, avrò spirito, avrò coraggio per ricorrere, per farmi intendere, per domandare per ottenere giustizia. Sarà il mio primo giudice vostro padre; s'ei non mi ascolta, saprò ricorrere a' tribunali, e se tutto il mondo mi manca, colla mia mano, sì colla mia mano medesima, vendicherò Lindoro, vendicherò me stessa, punirò un ingiusto, punirò un persecutore dell'onestà, del decoro, dell'innocenza. (*parte*)

## SCENA XIII

### Don Flaminio *solo.*

Costei è una vipera, è una furia, è un demonio, e tal la rende un vero amore, una perfetta costanza. Che dirà mio padre di me e della mia condotta, dopo le proibizioni ch'egli mi ha fatte? Sono perduto, se io non impetro il di lui perdono. Ma convien meritarlo. Sì, andrò io stesso a gettarmi a' suoi piedi. Gli prometterò il pentimento, il cambiamento di vita, l'abbandono totale d'ogni pensiero sopra Zelinda... Ma sarò io in istato di mantenerlo? Sì, certo, lo manterrò. L'ho detto, son galantuomo, non vi penserò più. Ma un'altra cosa mi sta sul cuore. Il trattamento villano che ho usato alla cantatrice. Ella non lo merita, ed io ne sono mortificato; ma andrò a vederla, farò seco lei il mio dovere, e cercherò ogni strada per compensare colle attenzioni la pena che a quella buona giovane ho cagionata. Amore mi avea acciecato. La ragione m'illumina, e mi consiglia. (*parte*)

## SCENA XIV

Camera di Don Roberto.

### Don Roberto *e* Don Federico

ROB. Orsù, signor Don Federico, non voglio parere ostinato. Mia moglie non merita ch'io mi scordi sì presto le inquietudini che mi ha dato, ma son di buon cuore, e in grazia vostra son pronto a riceverla, e a perdonarle.

FED. Vi lodo e vi ringrazio per conto mio. Mi permettete ch'io vada a prenderla, e che ve la conduca immediatamente?

ROB. Sì, tutto quel che volete.

FED. Circa alle scuse ch'ella vi dovrebbe fare...

ROB. No, no, la dispenso da questo cerimoniale; venga con animo d'esser buona, e mi troverà amoroso per lei.

FED. Bravo, così va bene. (Manco male che l'ha esentata dagli atti di sommissione. È la miglior donna del mondo, ma è un poco troppo ostinata.) (*parte*)

## SCENA XV

### Don Roberto, *poi* Zelinda, *poi* Fabrizio

ROB. Tutto potrei sopportare. Ma l'astio, la persecuzione a quella povera figlia, mi passa l'anima, mi affligge infinitamente.

ZEL. (*da sé indietro, piangendo*) (Eccolo. Oh cieli! non ho coraggio di presentarmi.)

ROB. Dove mai sarà la povera mia Zelinda? che farà la povera sfortunata? (*Zelinda piange*) Chi sa, se la vedrò più! Chi sa che quell'ardito di Lindoro non abbia finito di precipitarla!

ZEL. (*piange forte, e Don Roberto si volta*)

ROB. Oh cieli! eccola qui. Eccola, eccola, la mia Zelinda. (*le corre incontro con allegrezza*)

ZEL. Signore vi domando perdono. (*piangendo*)

ROB. Sì, cara figliuola, vi perdono assai volentieri. Ero in pena per voi; mi consolo di rivedervi. Il cielo finalmente vi ha illuminata. Siete ritornata con me, spero che non mi abbandonerete mai.

ZEL. Ah signore, le mie disavventure si aumentano, la mia miseria è estrema; per colmo della mia disgrazia, il mio povero Lindoro è prigione.

ROB. In prigione Lindoro! Che cosa ha fatto quel disgraziato?

ZEL. Non ha altra colpa il meschino che avermi difesa dalle persecuzioni di vostro figlio.

ROB. Ah figlio indegno, disobbediente, ribaldo!

ZEL. Se avete ancora della pietà per me, accordatemi una sola grazia, vi prego.

ROB. Povera figlia! dite, che posso fare per voi?

ZEL. Datemi il mio poco danaro, datemi la mia roba, per carità.

ROB. E che vorreste voi farne?

ZEL. Vender tutto, impiegar tutto, per liberare Lindoro.

ROB. Ed è possibile che non vogliate disingannarvi? che vogliate amarlo ostinatamente? perdervi per sua cagione? perdere l'amor mio, le speranze ch'avete sopra di me, la vostra pace, la vostra tranquillità?

ZEL. Perderei me stessa per liberare Lindoro. (*piange*)

ROB. (Che amore è questo! che costanza inaudita, che tenerezza, che fedeltà! Ed io sarò sì barbaro per oppormi ad un tal legame? Diffiderò che la provvidenza non sia per favorire un affetto sì puro, sì costante, sì virtuoso?)

ZEL. Eccomi a' vostri piedi, signore... (*s'inginocchia*)

ROB. Alzatevi. (*inquieto*) In qual prigione è Lindoro?

ZEL. Non lo so, signore.

ROB. Chi l'ha arrestato? (*inquieto*)

ZEL. La guardia ch'è destinata al Ticino.

ROB. Quanto tempo sarà?

ZEL. Mezz'ora appena.

ROB. Sarà tuttavia alla gran Guardia... Il capitano è mio amico. Ma che ha egli fatto contro mio figlio? lo ha insultato? lo ha ferito? lo ha maltrattato?

ZEL. Nulla di ciò, signore; non ha che messo mano alla spada. Deh! perdonategli questo giovanile trasporto. (*vuole inginocchiarsi*)

ROB. Fermatevi. (Non ho cuor di resistere più lungamente.) Ehi, chi è di là?

FAB. Signore.

ROB. Andate subito alla gran Guardia. Riverite il capitano per parte mia, e se Lindoro è tuttavia in suo potere, ditegli... Sì, ch'egli è il mio segretario, ch'io ne sarò responsabile, e che mi rendo cauzione per lui.

FAB. Sì signore...

ZEL. (*a Fabrizio*) Oh me felice! Ditegli ch'è il segretario del signor Don Roberto, del mio caro padrone, che perdona a me, che perdona a lui, che si è mosso a pietà delle mie lagrime, e delle nostre sventure.

ROB. (*a Fabrizio*) Chi può resistere a una sì bella passione?

FAB. Avete ragione, signore. Ella merita tutto. Zelinda, vi domando scusa, e vi prometto di non inquietarvi mai più. (Bisogna farsi un merito della necessità.) (*parte*)

ZEL. Oh quante grazie! Oh quante obbligazioni! Oh quanta bontà che voi avete per me!

ROB. Non so che dire. Voi persistete a voler Lindoro. Io lo faccio mal volentieri.

ZEL. Perchè, signore, mal volentieri? Oh se sapeste quanto egli è amabile! quanto è egli buono... Ma oh cieli! Ecco qui la padrona. (*timorosa*)

ROB. Non temete di nulla. Spero che la troverete più docile, e meno austera.


## SCENA XVI


**Donna Eleonora**, **Don Federico** *e detti.*


FED. Venite, signora, che il signor Don Roberto desidera di abbracciarvi.

ELE. S'ei lo desidera... (Ma qui ancora costei!)

ROB. Consorte carissima, è inutile l'esaminare se voi od io lo desideriamo. In ogni caso facciamo tutti due il nostro dovere. Una sola condizione io pongo al piacer della nostra unione, ed è che tolleriate in pace questa buona, questa savia, quest'onorata fanciulla.

ELE. (Il sottomettermi è cosa dura, ma la necessità mi consiglia.)

FED. Che dite, signora mia? avete obietti in contrario?

ELE. No, sono ragionevole... sono umana... Mi fido del buon carattere di mio consorte... la credo onesta... la credo innocente... Resti pure, ch'io ne sono contenta. (*dissimulando*)

ZEL. Lodato il cielo. Vi ringrazio di cuore, e vi prometto tutta l'attenzione e il rispetto... Sento gente. Sarebbe mai il mio Lindoro?... (*da sè*) (Ah no, è quell'importuno di Don Flaminio.)


## SCENA XVII


**Don Flaminio** *e detti*


FLA. Deh caro padre...

ROB. Temerario! ardisci ancora comparirmi dinanzi?

FLA. Vi domando perdono. So che non lo merito, ma siete troppo buono per negarlo ad un figlio ch'è di cuore pentito, e che vi giura di non disgustarvi per l'avvenire.

ROB. Vedi tu questa giovane? (*accennando Zelinda*)

FLA. La veggo, la rispetto, la stimo, e vi prometto di non molestarla mai più.

ROB. Se è così, ti perdono.

ZEL. Oh quante consolazioni per me! ma quando verrà la maggiore? Quando verrà il mio caro... Ecco Fabrizio. Oh cieli! non vi è Lindoro.


## SCENA XVIII


**Fabrizio**, il **Caporale** *e detti.*


FAB. (*a Don Roberto*) Ecco qui il caporale che ha arrestato Lindoro.

ZEL. (*a Fabrizio*) Oh Dio! cos'è di lui? Dov'è? non lo vedo. Perchè non viene?

FAB. Aspettate un momento, e lo vedrete.

ZEL. Lo vedrò? (*con allegrezza*)

FAB. Lo vedrete.

ZEL. Oh cieli! non vedo l'ora.

ROB. Ebbene, signor caporale?

CAP. Quando mi lasceranno parlare, parlerò. Il signor capitano, che vi stima e rispetta, vi manda il segretario sulla vostra parola.

ZEL. (*al Caporale*) Ma dov'è?

CAP. (*a Zelinda*) Un momento di tempo. (*a Don Roberto*) Basta che voi promettiate di rimetterlo, se bisogna, per gli effetti della Giustizia.

ROB. Sì, signore, prometto.

ZEL. (*a Don Roberto, agitata*) Di rimetterlo alla Giustizia?

ROB. (*a Zelinda*) Non dubitate, lasciate la cura a me. (*al Caporale*) Prometto di rimetterlo, se bisognerà.

CAP. Quand'è così, ve lo rilascio subito in libertà. Elà, soldati, lasciate libero il prigioniero. (*alla scena*)

ZEL. Eccolo, eccolo. (*gli corre incontro*)

## SCENA XIX

**Lindoro** *e detti.*

LIN. Ah cara Zelinda!

ZEL. Ah il mio adorato Lindoro! (*si abbracciano modestamente*)

LIN. Che piacere!

ZEL. Che consolazione! (*piangono d'allegrezza, e restano ammutoliti*)

ROB. (*a Donna Eleonora, a Don Flaminio e a Fabrizio*) E avrete cuore d'insultarli? d'offenderli? di perseguitarli?

ZEL. (*a Lindoro ,accennando Don Roberto*) Eccolo, eccolo il nostro protettore, e il nostro amorosissimo padre, il nostro liberale benefattore.

LIN. Ah signore... (*s'inginocchia a' piedi di Don Roberto*)

ZEL. Ah il mio caro padrone... (*s'inginocchia dall'altra parte*)

ROB. Non posso trattenere le lagrime. (*s'asciuga gli occhi*) Alzatevi, figliuoli miei, alzatevi. Veggo benissimo che i vostri amori sono innocenti, sono approvati dal cielo, e mi sento mosso a favorire la vostra unione. Non so chi sia vostro padre. (*a Lindoro*) Voi me lo confiderete, ed io m'impegno di scrivergli, e di persuaderlo. Restate meco frattanto, riprendete l'uno e l'altro il posto in casa, nell'amor mio, e nel mio cuore. Amatevi sempre, e poichè pare che il cielo vi voglia uniti, sposatevi, ch'io v'acconsento.

ZEL. Caro Lindoro!

LIN. (Oh amor mio!) (*s'abbracciano*)

ROB. (*a Donna Eleonora e a Don Flaminio*) E voi rispettate il decreto del cielo, e l'opera della mia mano.

ELE. Ne sono anch'io penetrata, ve l'assicuro.

FLA. Contribuirò anch'io, quanto posso, alla loro felicità.

ZEL. Benedetto il cielo che ci ha assistiti, benedetto il padrone che ci ha protetti! Signori miei, voi che siete sì teneri e sì gentili, consolatevi del lieto fine degli amori di Zelinda e Lindoro, ed onorateli, se ne sono degni, della vostra umanissima approvazione.

FINE DELLA COMMEDIA